JEANNE D'ARC

Un roman de Philippe Séguy
avec la collaboration de Sylvie Devilette

d'après le scénario, l'adaptation et les dialogues
de Luc Besson et Andrew Birkin

JEANNE D'ARC

© Intervista 1999
© Gaumont pour la couverture 1999
ISBN : 2-266-10020-3

Chapitre 1

Un soudain coup de vent ride le miroir de l'eau. Et puis, à nouveau, la petite mare reprend son aspect tranquille. A sa surface s'imprime une ombre, celle d'une croix, la croix de l'église toute proche. Au pied de la maison de Dieu, une double porte en fer forgé s'ouvre sur le cimetière. Là, des pierres blanches sont couchées entre les herbes folles. Ici reposent les morts de Domrémy, un petit village de Lorraine.

C'est à l'église que les habitants du bourg se marient, baptisent leurs enfants, et viennent parfois prier, dans ce lieu modeste, aux murs blanchis à la chaux. Des bancs de bois grossièrement équarris accueillent les fidèles. Le soleil d'été filtre à travers les vitraux qui racontent l'histoire des saints à ceux qui ne savent pas lire. Le sol en terre battue est recouvert de paille. Quelques poules en picorent le grain.

Guillaume Front, curé de la paroisse, somnole doucement, ses doigts croisés sur son chapelet. Un léger bruit perce le silence absolu. Le prêtre fait lentement coulisser la petite grille du confessionnal. Son regard, perplexe, se tourne à droite et puis à gauche. Il ne voit encore personne. Surpris, il se hasarde à demander :

– Il y a quelqu'un ?

Une petite main apparaît et, fermement, prend appui sur le pupitre. Le curé est désormais face à un visage dont les yeux graves, couleur de noisette, se plantent dans les siens et le scrutent à travers les croisillons de bois qui le séparent de cette enfant de neuf ans, aux cheveux de miel. Le prêtre sourit et dodeline de la tête.

— Tu sais, je suis toujours content de te voir, Jeanne, mais pourquoi viens-tu ici jusqu'à trois fois par jour ?

La fillette baisse le nez et répond dans un souffle :

— J'ai besoin de me confesser.

— Mais tu t'es déjà confessée ce matin...

Jeanne relève le menton et ajoute :

— J'ai besoin de me confesser à nouveau.

Guillaume Front soupire, ajuste son étole, se redresse et, d'une voix bienveillante, taquine gentiment l'enfant.

— Bien, d'accord, je t'écoute. Quel terrible péché as-tu commis depuis tout à l'heure qui ne peut attendre demain pour être pardonné ?

D'un geste vif, Jeanne grimpe sur le prie-Dieu afin d'être suffisamment grande pour que son visage jouxte celui du curé. Seulement alors, elle se décide à parler.

— J'ai vu un pauvre moine sans chaussures et je lui en ai donné une paire.

— Ce n'est pas pécher que d'être charitable, Jeanne.

— Ce n'était pas mes chaussures. Les miennes étaient trop petites.

— Elles appartenaient à qui ?

— A mon père.

Messire Guillaume ne peut s'empêcher de rire ! Avec douceur, il rassure Jeanne :

— Je suis sûr qu'il te pardonnera.

Il est vrai que les parents de Jeanne, Jacques d'Arc et Isabelle Romée, honnêtes laboureurs, craignant Dieu et leur roi, vivent dans une relative aisance. Messire Jacques est propriétaire d'une vingtaine d'hectares où poussent le blé et la vigne et il ouvre volontiers sa maison aux pauvres du canton, qui sont sûrs d'y trouver un bol de soupe chaude et un morceau de pain bis. D'une grande piété, Isabelle a tôt fait d'enseigner à ses enfants, Jacquemin, Jean, Pierre, Catherine et la petite Jeannette, le Pater Noster, l'Ave Maria et le Credo. Tous les membres de la famille sont réputés comme gens de bien, pratiquant la générosité et l'amour de leur prochain. Plus que ses frères et sœur, Jeanne a grandi dans cette croyance : donner sans compter à ceux qui ont reçu moins qu'elle. Alors quand elle a vu ce pauvre moine qui allait nu-pieds, la fillette ne s'est pas interrogée davantage. Son père, habitué à son caractère, n'a pas levé la main sur elle. Il s'est contenté de bougonner sur ses chaussures perdues et a fait preuve d'indulgence.

— Mon père m'a déjà pardonnée, mais je veux que Dieu me pardonne aussi.

— Jeanne, s'il nous fallait demander pardon tout le temps, nous passerions notre vie à l'église.

Nul n'ignore au village que Jeanne s'enferme durant des heures dans la maison de Dieu. Elle s'y rend tôt le matin, assiste à toutes les messes, dispute Perrin Drappier, le villageois préposé aux cloches quand il oublie de les sonner. Elle prie à nouveau après le déjeuner, écoute, vibrante de foi, les prêches des frères cordeliers qui, de paroisse en paroisse, expliquent la parole du Christ. Face à une dévotion si intense, Guillaume Front est à court d'argument quand la fillette lui demande d'une voix tranquille :

— Ce n'est pas bien ?

Que répondre à cette question sans blesser une foi si pure ?

— Eh bien, non, mais... Jeanne, es-tu heureuse chez toi ?

— Oh oui, très.

– Et ta mère, tout va bien pour elle?

– Oh oui, elle est... merveilleuse.

Jamais en effet Isabelle Romée n'a élevé la voix contre ses enfants. Entre Jeannette et sa mère, la complicité est parfaite, l'affection immense. C'est elle également qui lui a enseigné à coudre, à carder la laine, à couper les gerbes à la faucille, à manier la fourche pour la fenaison, à vaquer aux occupations du ménage, de la cuisine, à rompre les fagots de bois pour que le feu ne meure jamais dans la haute cheminée de pierre. A l'heure des moissons, tenant sa fille par la main, Isabelle traverse les champs pour porter le pain, un peu de soupe à la viande et le vin frais à son époux et à ses fils.

– Bien, bien, reprend le prêtre. Et ta sœur, Catherine, elle est toujours ta meilleure amie?

– Oh oui, ma sœur est tout simplement... Elle est... merveilleuse.

A dix-huit ans, cette sœur tant aimée est la confidente de Jeanne. Elle lui a appris à chanter des comptines, à faire la ronde, à jouer aux osselets et à chat perché. Avec les morceaux d'une vieille robe, son aînée lui a confectionné une poupée de chiffons qui porte son nom. Catherine et Jeanne ne se quittent guère, d'autant que la fillette s'isole parfois, volontiers à l'écart des autres enfants.

– Et tes amis, tu n'aimes pas jouer avec eux?

– Oh si, je joue avec eux, ajoute Jeanne en hésitant un peu. Je joue avec eux... beaucoup...

La jeunesse du pays a son lieu de rendez-vous et petits et plus grands prennent place autour de l'arbre aux fées, un hêtre séculaire aux larges branches, réputé miraculeux. Ils y déjeunent de fruits secs ou frais, y dansent, y chantent, et nombreuses sont les histoires d'amour qui se nouent sous son feuillage épais. A ses pieds coule une rivière bordée d'ajoncs qui fournissent le bois des épées. Les roseaux sont autant d'ennemis imaginaires que Jeanne pourfend dans un éclat de rire.

Les autres enfants du village remarquent son énergie et sa vigueur.

– Qu'est-ce qu'elle fait ? hurle Colin.

– Elle joue, reprend Hauviette.

Assis dans son confessionnal, Guillaume Front cherche encore à percer le mystère de cette si jeune fille qui assurément ne ressemble pas à toutes celles qu'il connaît depuis leur baptême.

– Donc... Tout semble... merveilleux.

– Oui, assure Jeanne comme pour elle-même, c'est ça.

– Alors, pourquoi viens-tu ici si souvent ?

La voix de la fillette est devenue presque murmure.

– Je me sens en sécurité ici. Et puis, c'est là que je peux parler avec lui.

– Lui ?

Jeanne se mord la lèvre, mais consent à poursuivre.

– Eh bien, j'essaie de lui parler, mais c'est lui qui fait le plus gros de la conversation.

D'étonnement, le prêtre a ouvert grand ses yeux. Mais de qui parle-t-elle ?

– Qui est ce « il » ?

– Il ne dit jamais son nom.

– A quoi ressemble-t-il ?

Dans le cœur de Jeanne est née une image, celle d'un garçonnet de huit ans assis sur un trône d'or, au centre de l'une des plus belles clairières de la forêt. Parfois, il lui tend sa main et la fillette en éprouve une joie immense.

– Il est beau.

Le prêtre serre plus fort son chapelet.

– Et que te dit-il ?

– Il dit que je dois être bonne... et aider chacun... et prendre soin de moi. Pensez-vous qu'il vienne du ciel ?

– Peut-être... Mais d'où qu'il vienne, je pense que tu devrais l'écouter parce qu'il semble te donner de très bons conseils.

11

Dans un dernier silence, Guillaume Front lève la main. Son geste de bénédiction fait naître sur les lèvres de Jeanne le plus charmant des sourires.

Ego te absolvo, in nomine Patris et Filii, et Spiritus Sancti, Amen.

Chapitre 2

La porte de l'église vient de claquer à toute volée. Heureuse, libérée par cette confession, la fillette court à perdre haleine. Sa robe de drap couleur de prune, sa coiffe blanche se reflètent dans l'eau d'un petit ruisseau. Jeanne l'enjambe prestement. Elle court encore, court vers une prairie éclairée de coucous et de boutons d'or qui brillent au soleil plus sûrement que des pépites. Elle grimpe les flancs d'une colline : comme le clocher de Domrémy paraît soudain si petit...

Le soir a noirci comme sous la menace d'un orage. Le crépuscule d'été baigne gens et bêtes d'une même torpeur trompeuse. Le pollen d'une fleur de pissenlit vole, l'air sent bon. Jeanne s'amuse à tournoyer sur elle-même, entre les grands ormes, sans autre souci que de respirer à pleins poumons tous les parfums de la nature. Au loin, encore étouffé, lui parvient un bruit étrange qui ressemble à un son métallique, peut-être le tocsin de l'église, ou les cloches d'un troupeau de vaches. A moins que ce ne soit cette libellule qui heurte le silence avec le vrombissement de ses ailes. Jeanne, petite toupie vivante, accélère son propre rythme, avant de chuter sur l'herbe épaisse en riant aux éclats. Elle se couche sur le dos, sa tête lui tourne, elle reprend son souffle et, au-dessus d'elle, les nuages semblent l'imiter et tournoient comme elle dansait encore tout à l'heure. Le son de la cloche est devenu plus grave, plus lent, plus douloureux. Une ombre glisse sur le visage de Jeanne. De toutes ses forces, elle écoute. Elle croit déceler dans le murmure du vent un message, un nom qui lui est porté, le sien : « Jeanne...!!! » Elle se redresse, se met debout et aperçoit un objet qui étincelle dans l'herbe. Une épée ! A l'instant où elle la saisit par la poignée, le bruit des cloches grossit, le ciel se fend, se remplit d'étoiles filantes, vire à l'obscurité, au froid de l'automne qui déjà brunit les feuilles des arbres. Jeanne a peur. Un loup, un loup vient de surgir ! Il la fixe de son regard de fauve prêt à mordre, il approche, droit sur elle. En voici un autre, deux autres, et puis la horde entière. Jeannette agrippe l'épée, tente de la lever, mais n'y parvient pas tant elle est lourde. Figée par l'inquiétude, perdue, ne sachant encore où diriger sa marche, elle ferme les yeux et les loups l'ignorent, passent de chaque côté, dédaignant sa présence. Ils sont partis, disparaissant dans une sente de la forêt.

Jeanne se décide à les suivre. La meute se dirige vers une lueur rougeoyante que l'on devine derrière les arbres. Les loups s'évanouissent au pied d'une butte. Le ciel semble brûler. Il fait nuit maintenant. Domrémy est en flammes.

Antoine de Vergy, le redoutable chef de guerre au service des Britanniques, vient de lancer ses soudards sur le village sans défense. La France est en guerre, l'Anglais a décidé de s'emparer du royaume dirigé par un roi fou, Charles VI. Afin d'abattre plus sûrement ce malheureux dément, le roi d'Angleterre, Henri V, s'est allié au tout-puissant duc de Bourgogne et a remporté avec lui l'écrasante victoire d'Azincourt. Cette année 1415 a sonné le glas de la chevalerie française. Puis, Rouen et Paris sont tombées l'une après l'autre. Le roi Henri a obtenu la main de la princesse Catherine, fille de Charles le Fol. Seule la mort du monarque anglais a donné à la

France un peu de répit. Toutefois, son frère, le duc de Bedford, s'est proclamé régent et gouverne au nom de son neveu, Henri VI, la Normandie, la Picardie, l'Ile-de-France, en somme tout le nord de la Loire. La guerre s'enlise et les années passent. Échauffourées, embuscades, trahisons, guet-apens se succèdent à un rythme d'enfer. La peur est partout. Certaines places fortes résistent encore, certaines villes, certains villages aussi... Comme Domrémy... Antoine de Vergy a reçu pour mission de détruire ce repère de traîtres. Il n'a pas lésiné sur les moyens.

L'église brûle, la charpente d'une toiture s'effondre dans un rugissement d'étincelles. Affolées, les bêtes piétinent leurs enclos. Des hommes sont massacrés, partout les soldats tuent, tranchent bras et têtes. Les loups dévorent les cadavres, déchiquètent les corps. Jeanne pleure, court, en traînant son épée, se précipite vers une petite ferme, sa maison. Elle cherche ses parents.

– Mère ?...

Pas de réponse. Affolée, elle se rue vers une autre pièce, plus étroite, appelle encore.

– Catherine ?

Soudain, une main se tend. Jeanne hurle de terreur et se trouve face à face avec sa sœur qui se cachait derrière l'armoire aux confitures.

– Jeanne ?

Catherine se précipite sur sa cadette, la serre dans ses bras à l'étouffer, mêle ses rires à ses larmes.

– Tu vas bien ? Ils ne t'ont pas blessée, au moins ?

– Non, non, je vais bien, vraiment.

– Oh, j'étais si inquiète... Nous t'avons tous tant cherchée ! Les Anglais sont partout. Oh merci, Seigneur...

Elle embrasse Jeanne à nouveau, la couvre de caresses et se fige. Catherine vient d'entendre le hennissement des chevaux, le cliquetis des armures. La fillette a compris que les Anglais approchaient de sa maison.

– J'étais à l'église...

Catherine, aux aguets, n'écoute déjà plus.

– Vraiment ?

– Je parlais au prêtre, et tu sais ce qu'il m'a dit ?

Jeanne n'a pas le temps de terminer sa phrase. Vivement, sa sœur lui pose sa main sur la bouche.

– Chut... Tu me le diras plus tard.

Non loin, des rires avinés fusent, des pas lourds se rapprochent.

– Vite, Jeanne, cache-toi là...

La fillette, saisie à nouveau par la peur, se blottit en tremblant contre son aînée.

– Et toi ?

– Ne t'inquiète pas pour moi. Reste ici... et ne bouge pas !

– Mais toi, où vas-tu te mettre ?

– Je serai tout près, je te le promets.

Catherine pousse rapidement Jeanne dans l'armoire, en ferme la porte, puis se retourne afin de faire face à trois brutes épaisses qui viennent de franchir le seuil de la maison. Le plus gros et le plus laid, qui porte une barbe d'un noir de jais, tourne sa trogne vers la jeune femme.

– Voilà ce que j'appelle un butin !

L'homme s'adresse à ses compagnons qui se partagent un poulet rôti. Catherine s'empare de l'épée que Jeanne a laissé tomber, tandis que le soldat s'avance vers elle en fanfaronnant.

– Une femme avec une épée ? Eh, regardez, lance-t-il aux deux autres, les Français sont de tels couards qu'ils laissent la guerre à leurs femmes !

Catherine n'a pas un geste.

– Si c'est la volonté de Dieu, ainsi soit-il !

Les deux soudards commencent à déchiqueter à belles dents les morceaux de volaille, laissant le géant barbu dévorer des yeux sa future proie.

– Moi, je suis d'accord, la belle. J'adore les femmes.

Il défait la boucle de sa ceinture. Dissimulée par la

porte de l'armoire, Jeanne peut à peine entrevoir, à travers une fente du bois, le visage épais du soldat. Catherine le menace de la lourde épée qu'elle tente de soulever à hauteur de sa gorge, mais il arrête son geste sans effort et agrippe la lame comme si elle avait la légèreté d'une brindille.

– J'espère que tu baises mieux que tu te bats !

La brute plaque ses mains sur les seins de Catherine, arrache la petite croix de bois qui pend au cou de la jeune fille, cloue la malheureuse contre la porte de l'armoire et, avec un rugissement de bête, plonge son visage sur le sien. L'Anglais a baissé ses chausses et tente de la violer. Catherine se débat, veut crier, alors il la frappe sur la bouche d'un revers de sa paume, qu'elle mord. Le colosse en hurle de rire et Catherine continue de toutes ses forces de tenter d'échapper à ce cauchemar.

– Tiens-toi tranquille, chienne ! Comment je vais y arriver si tu n'arrêtes pas de te tortiller ?

Alors, il la saisit par la gorge, arrache son corsage, gifle ses seins, la soulève du sol comme un fétu de paille, la plaque contre l'armoire qui vibre à chacun de ses soubresauts et, soudain, lui enfonce l'épée au travers de son ventre. La lame fend les chairs et le bois de la porte, en manquant Jeanne de peu.

– Voilà, c'est mieux.

L'homme adresse un sourire macabre à ses compagnons et termine sa sinistre besogne sur le corps sans vie de Catherine. Jeanne suffoque de terreur. Un dernier sursaut. Puis, tranquillement, le soldat remonte ses chausses et se tourne vers ses comparses, écœurés par ce qu'ils viennent de voir...

– A votre tour...

Sur le sol, gît la petite croix de bois.

Chapitre 3

De l'église du village, il ne subsiste rien d'autre qu'un amas de décombres fumants. Entre les pierres calcinées émerge un vitrail tordu où le visage d'un ange semble défiguré par le désespoir. Les corps d'hommes et de femmes couverts de sang attendent d'être enterrés. Près d'eux, des fosses, peu profondes, creusées à la hâte. Le curé Front s'arrête devant eux, administre les derniers sacrements. Un nouveau cadavre glisse dans la tombe. Harassé, le fossoyeur vient de combler la dernière.

Jeanne, muette, se tient debout près d'une tombe, et porte au cou la croix de bois de sa sœur. Elle regarde fixement le corps de Catherine enveloppé de lin, dans l'attente de son ensevelissement. Autour d'elle, ses parents, des amis. Tous pleurent en silence. Appuyé à la pelle qu'il tient dans sa main, un homme jette à son voisin des regards inquiets.

— Nous ne devrions pas faire ça en plein jour, c'est trop dangereux.

— Tu as raison, les Anglais rôdent encore, je peux les renifler.

— Il est temps de faire comme les Bourguignons et de se joindre à eux.

— Les Bourguignons sont des traîtres, rétorque un paysan.

– Au moins leurs femmes ne se font pas violer, s'emporte une jeune fille qui tremble encore de peur.

– Et leur bétail n'est pas volé, ajoute en écho un vieil homme qui a tout perdu.

Comme le reste de la France, Domrémy n'échappe pas à la division de ses habitants. Jeanne est furieuse de savoir que les villageois de Maxey, si proches de sa maison natale, sont déjà des partisans convaincus du duc de Bourgogne. Entre les clans rivaux éclatent des rixes et la fillette se réjouit quand les siens ont le dessus. On en parle d'ailleurs à la veillée, et l'on raconte avec force détails la progression des combats. On prie avec ardeur pour le dauphin Charles et on demande à Dieu de lui rendre son royaume. Mais les revers de fortune essuyés par l'armée du roi de France sapent le moral des pauvres gens. Dieu serait-il passé du côté des Anglais ? Impossible. Le peuple aime encore Charles. Autour des tombes fraîchement comblées, un attroupement se forme et le ton monte.

– Vous ne me prendrez jamais à me battre aux côtés de ces bâtards contre mon roi, assène un jeune gaillard fort comme un bœuf.

– C'est ton roi le véritable bâtard... Sinon, pourquoi il a pas été couronné ?

– Personne ne sait même s'il est légitime ! renchérit une femme.

– Tu as bien raison, la reine était une putain ! s'indigne une autre commère.

Princesse allemande, Isabeau de Bavière n'a jamais su se faire apprécier de ses sujets, qui lui reprochent de trop aimer l'argent, les fêtes, les parures, et les jeunes gentilshommes. On la soupçonne d'être la maîtresse de son beau-frère, le duc d'Orléans. Insouciante, elle laisse dire, et conduit sa vie par caprice, donnant des bals, comblant de présents ses favoris. La rumeur s'est glissée jusqu'à Domrémy, comme dans tout le royaume. Son fils Charles ne serait pas de son époux... Si le roi n'est pas légitime, il ne peut prétendre à rien. Une véritable malédiction s'abattrait alors sur les Lys de France. Le peuple ne peut plus que s'en remettre à la divine providence.

– Si Dieu ne nous aide pas, qui le fera ? gémit un homme accablé.

Guillaume Front continue, sans rien vouloir entendre, à murmurer ses prières en latin. Il est maintenant face à la tombe de Catherine. Alors que les dernières gouttes d'eau bénite mouillent la terre retournée, Jacques et Isabelle d'Arc gardent les yeux fermés. Seule Jeanne ne détourne pas le regard lorsque le fossoyeur pousse du pied le corps de sa sœur dans le trou. Elle sent la main de son père se poser sur son épaule. Elle entend sa voix qui lui parle.

– Écoute, Jeanne... Ton oncle et ta tante t'emmènent chez eux pour quelques semaines... Juste pour nous donner le temps de reconstruire ce que nous pouvons.

Jeanne est ailleurs et jette à son père un regard vide. Elle n'a pas une larme. Trop triste pour pleurer, ses yeux demeurent secs.

La charrette à foin brinquebale sur le chemin pierreux. Assise à l'arrière, Jeanne, secouée, regarde son village qui s'éloigne, et deux silhouettes s'estompant progressivement, ses parents. Son oncle et sa tante, à l'avant de la voiture, scrutent la campagne dévastée et aride, à demi masquée par une chape de poussière.

Les trois lieues sont franchies lentement. Et partout, la même désolation, les champs sont à l'abandon. Les mauvaises herbes ont remplacé le blé et l'orge, les arbres ont été abattus. La peur des Bourguignons contraint les paysans à ne plus sortir de chez eux. La terre de Lorraine est un désert en friche. Sa main appuyée sur la rambarde de bois, la petite fille contemple les ravages de la guerre avec des yeux morts. Soudain, la carriole s'arrête. Machinalement, elle en descend et se dirige vers une chaumière posée à l'orée du village. La maison de son oncle Durand Laxart ressemble en tout point à celle de Jeanne. Le sol est en terre battue. Poules et canards entrent et sortent par la porte basse. De la cheminée, émane une bonne odeur de soupe aux choux. La tante remplit une écuelle, qu'elle tend d'abord à son mari, puis, une autre, pour Jeanne. L'oncle adresse à Dieu une prière.

— Seigneur, nous te remercions pour la nourriture que tu nous as donnée. Apprends-nous toujours à aimer cette terre, et à la sauver de ceux qui cherchent à la détruire. Amen.

Depuis son arrivée, Jeanne n'a toujours rien dit. Pas davantage à l'heure du bénédicité. Étonné, Durand Laxart lui jette un regard en coin. Sa femme le pousse du coude. Il est trop tôt encore, il faut la laisser tranquille.

La nuit est tombée. Il est l'heure de se coucher. Laxart ouvre la porte du grenier, suivi par son épouse et sa nièce. Jeanne regarde la petite pièce, propre, avec un lit et un coffre ouvert. Elle s'assoit sur la paillasse recouverte d'un drap blanc, résolument muette. Son silence décontenance le brave homme, qui hésite un peu et finit par dire :

— Eh bien... bonne nuit, alors.

La tante sourit à Jeannette et pousse Laxart hors de la mansarde.

Comme les autres paysans, le couple partage sa chambre avec les animaux de la ferme. Ainsi, deux chèvres réchauffent de leur présence les nuits froides. Un chien, vieux et pelé, somnole au pied du lit. L'oncle est sur le point de s'endormir. Pas sa femme. La pensée de sa nièce ne la quitte pas.

— Que va-t-il lui arriver ?

Laxart se retourne en maugréant, place sa main sous sa nuque et répond d'une voix lasse :

— Ça va aller. Elle va grandir... se trouver un bon mari... lui faire quelques enfants. Ne t'inquiète pas, elle a été choquée, mais elle survivra. Demain, elle sera aussi fraîche que la rosée, tu verras.

Le jour s'est levé, c'est l'aube. Habillé, Durand Laxart ouvre la porte du grenier. Ce qu'il aperçoit le laisse sans voix. Jeanne, assise sur son lit, n'a pas bougé depuis la veille. Elle lève ses yeux vers son oncle et affirme gravement :

– Je veux voir un prêtre.

Chapitre 4

L'église de Burey-le-Petit, le canton où habitent les Laxart, est plus grande que celle de Domrémy. Il y a un Christ crucifié sur l'un des vitraux. Sur l'autel, un calice s'élève, tenu fermement par un prêtre âgé. L'homme de Dieu abaisse la coupe remplie de vin. L'oncle, la tante et leur nièce viennent de pénétrer dans le lieu saint. Le prêtre attend Jeanne. La fillette marche vers lui.

Jeanne s'est assise dans le confessionnal. Sa main agrippe la petite croix de bois qui n'a pas quitté son cou. Enfin, comme une enfant de son âge, elle se met à pleurer. Et les larmes n'en finissent plus de couler sur ses joues. Face à elle, le prêtre partage son chagrin et lui dit doucement :

– On m'a dit pour ta sœur, et je... comprends ta douleur...

– Pourquoi devait-elle mourir ?

– Seul Dieu connaît la réponse à cette question.

Jeanne soupire, et puis s'emporte, et sa colère éclate.

– Je sais que Jésus nous dit d'aimer nos ennemis, mais je ne peux pas. Je veux juste que les Anglais brûlent en enfer pour toujours !

– Je comprends ta révolte, Jeanne, mais il nous faut apprendre à pardonner. C'est dur, mais la vengeance n'apportera jamais la paix.

Jeanne pleure toutes les larmes de son corps. Elle se redresse et lance :

– Qu'est-ce qui l'apportera alors ? Et qui la ramènera à la vie ? Et pourquoi fallait-il qu'elle meure à ma place ? Pourquoi n'a-t-il pas pris ma vie plutôt que la sienne ? C'était de ma faute, j'étais en retard, elle m'a donné sa cachette !...

– Jeanne, calme-toi !... Calme-toi, Jeanne !

Alors la fillette s'interrompt, tremblante, et les larmes reprennent, lourdes. Jamais elle ne s'est sentie si seule au monde.

– Je ne prétends pas connaître la volonté de Dieu, ajoute le prêtre, mais je suis sûr d'une chose : le Seigneur a toujours une bonne raison. Peut-être t'a-t-il sauvée parce qu'il a besoin de toi... pour une plus haute mission. Ainsi, si tu réponds à cet appel, ta sœur ne sera pas morte pour rien.

Jeanne, progressivement, s'est calmée. Elle fixe le curé de Burey-le-Petit un long moment, sans ajouter un mot. Et son regard se fait intense, encore plus profond. Puis la petite fille murmure :

– Je ne veux pas attendre son appel.

– Jeanne, sois patiente.

– Je veux être toujours avec Lui.

– Bientôt, tu seras capable de prendre part à la messe sacrée. Et quand tu mangeras son corps, et quand tu boiras son sang, alors tu ne feras qu'un avec Lui.

– Je veux n'être qu'une avec Lui maintenant.

Dans leur carriole, l'oncle et la tante raccompagnent Jeanne jusqu'à leur maison. Le jour est gris, lugubre, la pluie menace. A l'avant de la voiture, l'homme et la femme se parlent à voix basse.

– Qu'a-t-il dit ?

– Il a dit, reprend la femme, que nous devions la mener à l'église, à chaque fois qu'elle le veut.

– Humm, facile pour lui. Ce n'est pas à lui de la conduire...

Les routes sont si peu sûres, et que se passerait-il si

Jeannette rencontrait sur le chemin une nouvelle bande de soldats? Durand Laxart ne pourrait pas longtemps défendre sa nièce et elle subirait le même sort que sa sœur aînée. Une mort de plus. Encore des larmes. Et que deviendrait sa femme s'il lui arrivait quelque chose? Perdu dans ses sombres pensées, l'homme se retourne afin de la couver d'un regard protecteur. La fillette n'est plus là. Cela fait long-temps qu'elle a sauté en marche.

La pluie tombe à torrents. Sa robe et sa coiffe blanche trempées par l'eau glacée, Jeanne court sur le chemin désert.

Elle a rejoint le village de Burey. Elle court dans la rue, entre les maisons, il n'y a personne. Elle court jusqu'à l'église. Elle y pénètre.

Elle reprend son souffle et, d'un pas martial, remonte la nef jusqu'à l'autel. Elle saisit un pichet de vin, en verse quelques gouttes dans le calice. Elle le suspend dans l'air comme le prêtre vient de le faire tout à l'heure et, d'un trait, le vide. Le liquide cas-cade et rebondit de sa bouche à son menton, à son cou, rouge, couleur de sang. Jeanne regarde le grand Christ en croix qui n'en finit pas d'agoniser sur le vitrail.

– Je veux être avec Toi, maintenant.

Le coq a chanté sur la brume de l'aube. Dans sa chambre, Durant Laxart vient de se réveiller comme on sort d'un cauchemar. A ses côtés, sa femme dort encore. Autour de lui, le silence. Il soulève la couver-ture de laine, se précipite.

Il ouvre la porte du grenier, entre dans la pièce où vit Jeanne. Elle est vide. Sa nièce n'a pas dormi dans le lit. L'angoisse lui tord le ventre. Un bruit! Il se rue à la fenêtre. Dehors, Jeanne est en train de jouer, seule. Alors, Laxart sourit.

L'aurore se lève sur les champs. Jeanne chantonne une comptine. Sa main tient un bâton qu'elle manie comme une épée, elle fauche les longues herbes qui s'affaissent autour d'elle. Laxart s'approche de sa nièce, lui touche l'épaule, l'attire à lui.

– Alors... qu'est-ce que tu as fait ?

Jeanne ne bouge plus, et son bâton semble suspendu dans l'air. Ses yeux ne voient pas son oncle, mais une épée véritable, cette fois, une lame lourde et sombre qui traverse le ventre d'un soldat. Elle voit une côte de mailles déchiquetée par un autre glaive, et puis une tête enfermée dans un casque de métal, tranchée d'un corps, détachée de ses épaules, et qui roule au côté d'une silhouette en armure.

Jeanne tourne son visage vers son oncle, sent sa présence rassurante et, de sa voix de petite fille, répond tranquillement :

– Je joue.

Tenant fermement son bâton, sa main s'élève et puis s'abat une dernière fois. Projetée en l'air, la tête d'un tournesol, qu'elle vient de décapiter, retombe, légère, sur l'herbe.

Chapitre 5

Dans la cheminée haute, une bûche énorme achève de se consumer. Sa flamme jette des ombres sur les tapisseries des Flandres qui décorent la chambre du roi. Peu de meubles. Un coffre aux lourdes ferrures renferme des pourpoints et un manchon d'hermine. Plaqué contre le mur, le lit, enserré de quatre colonnes de bois sombre, est fermé par des tentures. Du brûle-parfum, posé sur un trépied, s'échappe une odeur de myrrhe vaguement sucrée. De chaque côté de la porte à double battant, deux gardes appuyés à leur pique d'arme sourient face à un enfant de cinq ans. Le jeune prince Louis, fils du dauphin Charles et de la reine Marie, tranche l'air de son épée. Il avance, recule, menace un ennemi imaginaire, un Bourguignon détesté qu'il saura bien pourfendre comme un preux chevalier. Le regard concentré, tout à son plaisir, il se choisit une nouvelle cible, la jambe de l'un des soldats, qui continue de sourire. L'épée est de bois... Les mèches brunes du petit prince sont ébouriffées. Tandis que sa chemise de lin s'échappe du surplis, il s'acharne à atteindre la cuisse de l'homme qui esquive les coups. Mais place n'est plus pour des jeux d'enfant. Des bruits de pas résonnent dans le corridor éclairé de torches, des voix deviennent plus distinctes. La porte s'ouvre brutalement. Aussitôt, le garde se redresse dans un garde-à-vous et annonce d'une voix forte :

– Le dauphin !

Pourtant, le garçonnet ignore son père et, profitant de l'immobilité forcée du soldat, lui plante son épée dans le tibia. Le malheureux ne peut retenir un gémissement de douleur. Le dauphin Charles, celui que, par dérision, ses ennemis ne nomment plus que le roi de Bourges, vient d'entrer dans sa chambre. Auprès de lui se tiennent des conseillers, La Trémoille, ainsi que Regnault de Chartres, l'archevêque de Reims. Le corps du roi, si mince, paraît plus faible encore dans son habit de drap noir qu'aucune broderie ne vient égayer. Cette simplicité triste tranche avec les parures magnifiques des courtisans qui se pressent autour de lui. Saisissant contraste. Charles n'a d'yeux que pour son fils. Un pâle sourire éclaire son visage quand il s'approche de l'enfant. Il caresse sa joue, replace une mèche de cheveux rebelle et le réprimande avec une infinie tendresse. Son bégaiement, dont il souffre tant, et depuis son plus jeune âge, semble s'estomper :

– Voyons, Louis, ne devriez-vous pas être en train d'apprendre vos leçons ?

Son épée encore dans la main, le petit prince tape du pied, s'avance fermement vers le garde. Fâché de voir interrompre son jeu, il défie son père du regard et de la voix :

– Je ne veux pas apprendre, je veux me battre !

– Vous vous battrez, vous vous battrez, reprend le roi. Mais pour l'instant, il vous faut apprendre... au moins à vous moucher.

Doucement, Charles tire un pan de sa chemise, attire son fils à lui et lui essuie le nez.

Le roi veille personnellement à l'éducation de son héritier. Un prêtre est chargé d'expliquer au prince Louis l'histoire de sa famille. A commencer par son ancêtre, Charles V.

– Votre arrière-grand-père, le roi Charles, était

un homme sérieux et droit, qui gouvernait très bien le pays.

Cultivé, amateur de beaux livres, prudent et fin diplomate, le monarque mérite bien son surnom de Charles le Sage. Aidé par son fidèle Du Guesclin, il renforce les frontières du royaume.

– Malheureusement, le roi mourut, laissant deux enfants trop jeunes pour gouverner : Louis d'Orléans, le plus jeune, et Charles VI, votre grand-père, qui était âgé de onze ans.

En 1380, la France pleure la disparition de son souverain. Au château de Beauté, à Vincennes, Charles est couché sur un lit de parade. Deux enfants pleurent à son chevet. Autour d'eux, prélats, seigneurs, domestiques s'agitent, parlent à voix basse. La Régence est assurée par Louis d'Anjou, oncle des jeunes princes et frère du défunt roi, un homme ambitieux et vénal. La cour lui préfère le jeune duc d'Orléans, dont elle apprécie la beauté et l'intelligence. Louis possède un esprit brillant et ses reparties font mouche à tout coup. Son frère Charles semble de jour en jour plus fantasque. Il lui arrive de sauter sur son lit à pieds joints en poussant des cris hystériques, au point de le briser, et les seigneurs se signent en le voyant. Il s'agit désormais de le marier au plus vite...

Le choix se porte sur la fille du duc Étienne de Bavière, la princesse Isabeau, belle et blonde. Le coup de foudre est immédiat. Las ! Lors de leur première rencontre, le duc d'Orléans ne demeure pas insensible au charme de la princesse...

Charles VI épouse Isabeau de Bavière par un beau jour de 1385. La cathédrale d'Amiens est pavoisée de fleurs blanches et le peuple est en liesse. Sa crosse d'or en main, l'évêque unit le couple royal.

Chapitre 6

Bouche ouverte, le petit prince Louis écoute l'enseignement de son précepteur. Profitant de cette soudaine attention, le prêtre poursuit son histoire.

– Ce mariage a rapproché nos pays pendant quelques années et cette relation semblait avoir apaisé le roi.

Pour sa belle épouse, Charles est fou d'amour. Il ne cesse de lui prouver son ardeur, caresse ses seins, ses épaules, son ventre et la reine ne s'en lasse jamais. Sa sensualité est insatiable. De cette union naissent sept enfants, dont trois garçons. Le plus jeune d'entre eux voit le jour en 1403. Il est également prénommé Charles.

Yolande d'Aragon, la jolie brue du duc d'Anjou, a pris le nouveau-né sous sa protection, afin de laisser le couple royal se reposer de ces naissances successives.

Bien lui en a pris ! Le roi sombre progressivement dans la folie. Le peuple commence à trouver suspects les malaises et les crises de démence répétées dont souffre le monarque. La rumeur de sorcellerie et de maléfice enfle aux quatre coins du royaume.

La reine Yolande ne quitte plus le jeune prince Charles, âgé de sept ans. Elle compte beaucoup sur l'enfant. Elle surveille de près l'éducation du futur roi et prépare son avenir, comme elle prépare celui de sa propre fille, Marie d'Anjou, la future reine.

Très tôt, l'ambitieuse Yolande présente Charles à sa fille alors âgée de cinq ans, et pense déjà à l'éventualité de leurs noces.

– Mais à l'époque, Charles était encore trop jeune. Il revient à son frère aîné, Louis de Guyenne, d'assumer les tâches que le peuple attend de lui.

Le duc de Guyenne est un jeune homme accompli, beau, séduisant, épris des arts. Tout le prédispose à devenir un grand roi. Mais une dysenterie fulgurante l'emporte en quelques jours.

Le rang de dauphin revient à son frère, Jean de Touraine. Il est fort et vigoureux, excellent cavalier. Le peuple place sa foi dans cet homme honnête et loyal.

Alors qu'il chasse le cerf dans l'une des forêts royales, le jeune prince fait une mauvaise chute de cheval et se blesse mortellement. Le roi est très affecté par la disparition de ses deux fils, hurle comme un dément, se tord de douleur, se persuade qu'il est fait de verre et qu'il peut donc se briser à tout instant.

Dans ses rares moments de lucidité, Charles se désespère de la situation dramatique de son royaume. Comment pourrait-il ignorer que la guerre avec l'Angleterre ruine le trésor royal ? Les seigneurs, les princes, Louis d'Anjou en tête, se remplissent les poches. Les impôts ne sont plus prélevés. Les soldats ne perçoivent plus leur solde... Les rares conseillers qui lui sont restés fidèles en sont maintenant persuadés : le roi est dans l'incapacité de gouverner. Charles VII, le dernier descendant en ligne directe, le dernier survivant, devient dauphin de France. Sur lui repose l'espoir de la dynastie.

Charles VI rend son âme pitoyable à Dieu le 21 octobre 1422. Enfin en paix.

Le nouveau souverain est accablé par la charge écrasante qui l'attend. Encore agenouillé au pied du lit mortuaire, en prière, il sent derrière lui la présence d'une femme. La reine Yolande pose doucement la main sur son épaule. Sans nulle peine, elle réussit à convaincre le jeune monarque de s'unir à sa fille. Et par une belle journée de décembre, Charles épouse la jeune et douce Marie d'Anjou. Le mariage est célébré au château de Tours et l'évêque de la ville donne la bénédiction tandis que le peuple n'en finit plus de crier sa joie, et de souhaiter longue vie et prospérité aux jeunes époux.

Dans la chambre du château de Chinon, le prêtre achève de donner sa leçon d'histoire au petit prince Louis. Qui, la tête couchée sur son bras, est prêt à s'endormir.

– Voici comment, quelques années plus tard, naquit le merveilleux jeune garçon, fort et instruit, à l'âme de soldat, que l'on avait appelé... Louis !

L'ecclésiastique sourit à l'enfant qui ne s'est pas même reconnu à l'évocation de son prénom.

– Waou ! s'exclame-t-il, allez, continuons !

– Je ne peux pas ! Désormais, c'est à vous d'écrire l'histoire.

Le futur Louis XI en est resté bouche ouverte.

– Mais... je ne sais pas écrire...

– Alors, dans l'intervalle, vous devez prier ! Prier pour que quelqu'un arrive et mette fin à cette guerre qui dure depuis plus de cent ans ! Mais cette personne viendra, j'en suis certain. La légende dit que ce sera une femme, regardez, c'est écrit dans le ciel.

Le prêtre montre au petit prince un grand dessin fixé sur le mur. Il s'agit d'une carte astrologique, représentant le système solaire et les étoiles. De sa main, l'homme de Dieu suit le tracé des planètes.

– Vous voyez, tout en haut, c'est le Lion, et le Lion représente le roi. La légende prétend qu'une fois que le Lion a perdu son royaume, il demande le secours des étoiles. Regardez, la Vierge apparaît dans le ciel. Elle traverse tous les signes, puis s'approche du Lion afin de l'aider à reconquérir son royaume, le royaume des étoiles.

Demeurant un instant silencieux, méditant, l'homme semble apprécier le récit. Il se tourne vers le jeune Louis. L'enfant vient de s'endormir. Alors le prêtre lui sourit et lui caresse les cheveux.

Chapitre 7

Dans la haute salle du château de Chinon, les seigneurs parlent chasse et femmes. C'est alors que trois
dames de la petite cour se hissent sur la pointe de
leurs pieds pour mieux dévisager celui qui vient
d'entrer. Comme il semble timide, comme il a soin de
ne pas trop attirer l'attention sur lui, ce jeune écuyer
qui porte si bien l'armure avec sa figure d'archange.
Il a nom Jean d'Aulon et tient dans sa main le rou-
leau de parchemin. Il hésite une seconde, raffermit sa
voix pour couvrir les murmures des conversations et
lance :

– Une lettre pour sa majesté !

Un gros homme, aux traits de gargouille, vêtu
d'une houppelande bordée de martre sur laquelle luit
une chaîne d'or, est plus rapide que le roi. Ses doigts,
dangereux comme les serres du faucon, agrippent la
missive. Ils en brisent avidement le cachet de cire
rouge. Sans scrupule, l'homme commence à la lire et
s'exclame avec mépris :

– Encore une lettre de cette fille qui se fait appeler
la Pucelle.

L'homme continue de lire, pour lui seul. Charles
pâlit sous l'affront. Il a encore osé, lui l'ancien chambellan de son père, le feu roi Charles VI. Décidément, ce La Trémoille outrepasse ses pouvoirs. Le
dauphin en a fait son conseiller mais, chaque jour, il

lui faut supporter de nouvelles vexations. Dans un mouvement d'humeur, Charles tend son fils au plus proche de ses courtisans. Dans la chambre, chacun s'est figé. Même l'enfant ne bronche plus. Le dauphin marche vers son ministre, mâchoires serrées, lui arrache la lettre des mains et, d'une voix blanche, assène :

– Je peux lire par moi-même, vous savez.

Les yeux de Charles suivent les mots écrits à l'encre noire. Contournant le roi, passant derrière lui, La Trémoille se tourne vers l'archevêque Regnault de Chartres. Sa face épaisse s'empourpre de colère tandis qu'il s'indigne bruyamment :

– Elle prétend qu'elle est envoyée par Dieu ! Ces charlatans... c'est grand pitié qu'on ne dispose pas d'assez de bois pour pouvoir tous les brûler.

Charles ne l'écoute pas. Tout à sa lecture, il murmure, comme pour lui-même :

– Elle dit qu'elle sera là demain !

Jean d'Aulon reste imperturbable. Les courtisans attendent fébrilement la suite de l'échange avant de prendre parti. Sentant que le roi se perd dans ses pensées, La Trémoille tente une nouvelle offensive. Prenant tour à tour une voix mielleuse et autoritaire, il pose sa main baguée sur le bras du roi comme pour mieux le convaincre.

– Vous ne devez pas la voir, Sire. Nous ne savons rien d'elle... Nous ignorons même si elle est originaire de Lorraine.

– Quelle différence cela fait-il, son origine ? réplique Charles en dégageant son bras.

– Si elle vient de Bourgogne, cela fait une différence, insinue le conseiller.

Son ton devient plus mordant, son œil plus dur.

– Ce pourrait être un piège...

A ce seul mot, seigneurs et dames frémissent. Satisfait de l'effet produit, fier de son avantage, le ministre se saisit à nouveau de la lettre. Il en pointe du doigt la signature.

– Regardez... Signé « X ». C'est quoi comme nom, ce « X » ? Devrions-nous en conclure que l'envoyée de Dieu ne sait même pas écrire son propre nom ?

Impitoyable mauvaise foi ! Nul n'ignore à la cour qu'aucun enfant du peuple ne sait lire ou écrire. Cependant, l'assistance se tait. Qui se soucierait ici de prendre la défense d'une paysanne, une fille de rien ? Caressant l'améthyste carrée qui orne sa main grasse, monseigneur Regnault de Chartres prend à son tour la parole :

– Messire de La Trémoille a raison. Elle dit qu'elle entend des voix... Elle pourrait être une sorcière... une ensorceleuse...

Aussitôt, une jeune femme blonde, dont les voiles de la coiffe glissent jusqu'au sol de pierre, se signe, à plusieurs reprises. Assurément, les sorciers sont responsables de la misère qui s'acharne sur le doux royaume de France. Ils se sont vendus aux Bourguignons et à l'Anglais. En parler, c'est tenter le diable. Mais Charles soupire déjà d'ennui. D'un geste las, il interrompt l'archevêque.

– Regnault, vous voyez des sorcières partout. C'est juste une paysanne... Une paysanne qui se soucie de son roi. Regardez... Tout ce qu'elle veut, c'est m'aider à gagner ma couronne... et la permission de se battre pour moi.

La Trémoille lève les yeux au ciel.

– Elle veut que vous lui donniez une armée, à vos frais. Comme je garde à l'esprit que votre mère a volé jusqu'à la dernière pièce d'or du trésor royal, je vois mal comment vous pouvez vous offrir une telle aventure.

De honte, Charles se mord les lèvres. Certes, criblé de dettes, il est le débiteur de cet homme qui joue avec son roi le rôle d'usurier. Mais là n'est pas la douleur la plus vive. La Trémoille évoque devant lui sa mère, la reine Isabeau, haïe du peuple de France. Et cela, cela lui est insoutenable. Elle a déshonoré la couronne, vendu le royaume à l'ennemi... Reprenant sèchement la lettre, il coupe court.

– Je la verrai si je le veux. Mais enfin, avec la moitié de la France aux mains des Anglais, qu'ai-je à perdre ?

La réponse ne se fait pas attendre.

– L'autre moitié, articule La Trémoille.

Le conseiller est sûr de sa repartie. Au nord du pays, seule une poignée de places fortes résiste encore à l'envahisseur. Charles peut compter sur la fidélité de Calais, Tournai, Vaucouleurs, Luxeuil et sur celle de ce mont dédié à Saint-Michel et protégé par la mer. Mais le trésor royal est vide, les troupes sont démoralisées et nul espoir ne se profile à l'horizon. Le dauphin, réfugié au sud de la Loire, trouve dans la prière sa seule consolation. Depuis quelques années, sa capitale subit la domination anglaise. Et l'étau se referme, inexorablement, d'autant plus que la toute proche Orléans est assiégée. Un pli amer barre désormais le front de Charles.

En homme d'église, Regnault continue de suivre son idée.

– Vous ne devez pas la voir, Sire. Elle est peut-être un instrument du Diable.

C'est alors qu'une voix de femme, grave et douce, s'élève.

– Je pense que vous le devriez.

Dans la chambre royale, chacun a tourné son regard vers la haute silhouette drapée de noir qui se tient debout et de dos, près d'une fenêtre. Une femme tient à la main un petit livre. A ses côtés, un homme, son bras droit, la figure fendue par une balafre, la contemple avec respect. Yolande d'Aragon, belle-mère du dauphin, totalement dévouée à la cause de son gendre, n'a pas la réputation de parler pour ne rien dire. Charles, qui la vénère, est le premier surpris qu'une petite Lorraine trouve dans une reine sa première alliée.

– Mais vous m'avez tout l'air de penser exactement le contraire de ce que me prêchent mes deux plus fidèles conseillers ?

Lentement, la reine se retourne en souriant. Un sourire où le mépris le dispute à l'affection. Face à elle, Charles n'a jamais autant ressemblé à un enfant désarmé.

– Venez ici, commande-t-elle.

Il s'approche. Avant de répondre, sa belle-mère reboutonne la chemise de son gendre. Docilement, il se laisse faire, s'abandonne à cette tendresse à laquelle la vie ne l'a pas accoutumé.

– Votre santé et votre bonheur ont toujours été mes premières préoccupations, depuis que vous étiez un petit garçon... Et je pense vous connaître mieux que votre propre mère.

– Le pensez-vous ? murmure Charles, visiblement ému.

Tous deux se parlent à voix basse, près de la fenêtre, qui par moments grince sous le vent d'hiver.

– Mmm, oui. Je connais, par exemple, le mal qui ronge votre cœur. Je sais à quel point il a dû être douloureux d'avoir aimé un père, sans même savoir s'il était vraiment le vôtre.

Ces propos rappellent cruellement au dauphin que, selon la rumeur populaire, il ne serait pas le fils de Charles VI, mais celui de Louis d'Orléans, le frère du défunt roi. Comment alors, si une telle trahison s'était avérée vraie, justifier ses prétentions à la couronne de France ? La reine Yolande a raison, ce cauchemar hante chacune de ses nuits. Il a beau passer des heures en prières, le ciel ne lui envoie aucun signe. Sa légitimité demeure toujours un mystère. Charles, bouleversé, ne peut plus maîtriser son bégaiement.

– Q-q-quel rapport avec la Pucelle ?

Yolande d'Aragon presse la main du dauphin sur son cœur.

– Qui mieux qu'un messager de Dieu pourrait apporter les réponses à vos questions ?

Stupéfait par tant d'assurance, Charles interroge encore le beau visage, si calme, qui lui fait face.

– Vous pensez vraiment qu'elle a été envoyée... par Dieu ?

Perspicace, connaissant parfaitement le tempérament hésitant de son gendre, la reine ose la flatterie afin de le convaincre définitivement. Ni Regnault ni La Trémoille n'auront le dernier mot. De sa voix la plus tranquille, comme si elle lui vantait les qualités d'un ambassadeur ou le tranchant d'une dague italienne, Yolande avance ses pions comme au jeu d'échecs.

— Vous êtes un excellent juge en matière de caractères, Charles. Il ne vous faudra pas cinq minutes pour la confondre si elle vous ment. Mais si elle ne ment pas, alors elle donnera des réponses à vos questions... et posera la couronne sur votre tête.

Le visage du dauphin s'illumine de bonheur. D'instinct, la reine sait qu'elle a gagné la première manche. Dédaigneuse, elle ignore les regards venimeux que lui lancent La Trémoille et Regnault.

— Avec tout mon respect, persifle le chancelier, je pense qu'il faudra davantage qu'une petite paysanne pour...

— Ce que vous pensez, ou même ce que moi je pense, ne m'intéresse pas, Trémoille. L'important est ce que pense le peuple qui d'ailleurs, dans tout le pays, commence déjà à parler d'elle. Vous savez parfaitement comment sont les humbles, toujours prêts à croire une vieille prophétie... comme celle d'une vierge de Lorraine qui sauve la France ?

La reine tend son livre à La Trémoille, et ajoute :

— Et puisque cette fille vient de Lorraine, soudain, il y a comme une lueur d'espoir dans l'esprit des gens simples. Nous ne devons pas les décevoir. S'ils croient en elle, si elle peut redonner foi et confiance en notre armée, alors, à mon tour, je crois en elle.

Chapitre 8

La nuit est percée d'un rougeoiement de flamm-
mèches qui crépitent. Huit hommes d'armes galopent
et, dans leur poing gauche, brille une torche. A leur
tête, une fille, Jeanne. Enfin, elle aperçoit Chinon !
Elle en voit les remparts, les tours, hautes et créne-
lées. La forteresse semble s'embraser sous les derniers rayons du soleil qui donnent aux pierres l'éclat
du corail. Chinon, dont elle a tant rêvé, lui apparaît
encore plus vaste que dans ses songes de petite fille.
Elle ne sent ni le froid ni la fatigue, elle sait que, tout
à l'heure, ses hommes boiront du vin, de la soupe
chaude dans des bols de terre et chaufferont leurs
muscles engourdis par les longues heures à cheval
devant les feux de bois. Pas elle, qui n'en a pas
besoin. Parce que tout va commencer à Chinon,
Jeanne en est sûre, ses voix le lui ont promis.

Voici quelques heures, le roi a forcé le cerf dans sa
forêt de Chinon, et Saint-Hubert, le patron des chas-
seurs, s'est montré favorable. A Charles est revenu
l'honneur d'enfoncer sa dague dans le cœur de l'animal. Puis, ordre a été donné aux maîtres queux de
dépecer la bête, d'en réserver les cuisseaux, de les
faire mariner dans le poivre et les épices. Ravi de sa
prise, le roi souhaite que tous s'amusent. Il y a fête au
château. Dans la cheminée, brûle un tronc entier.
Épuisés, les chiens bâillent devant les flammes. Sur

les murs, fixées par des anneaux de fer, des torches de résine éclairent la grande salle réservée aux banquets. Les serviteurs ont dressé les tréteaux, les masquent de longues nappes blanches, dont les pans tombent jusqu'au sol. Ils disposent en bon ordre d'alignement les hanaps, qui sont d'étain, et non d'or – il y a longtemps que la vaisselle précieuse du roi a été vendue. Puis, les tranchoirs, ces larges tranches de pain qui font office d'assiettes, et qui, tout à l'heure, seront distribués aux pauvres. Habillée de brocart, la cour mange, dévore à pleines dents les faisans rôtis, servis avec leurs plumes dressées en éventail, les cygnes, les ragoûts d'anguilles, les esturgeons à la sauce d'orange, mastique avec des soupirs d'aise la viande cuite au gingembre, dont le jus coule sur les mentons. Parfois, un seigneur découpe au couteau un dé de chair et le tend à une dame, qui minaude et le porte à sa bouche. Les échansons, les domestiques préposés au service du vin, apportent des crus d'Amboise, de Touraine, légers, aux couleurs de rubis liquide. L'alcool délie les langues, fait rire les femmes. Un murmure de joie parcourt l'assistance. Jongleurs et troubadours viennent de faire leur entrée. Un équilibriste porte sur ses épaules deux de ses compagnons, en juche un troisième sur sa tête. Avec une voix grave et douce, un jeune homme chante les amours de Tristan et Iseult, et ses mains pincent les cordes de sa viole.

Soudain, un page hors d'haleine fait irruption dans la salle, contourne la rangée de convives, atteint le roi, se penche vers lui et lance d'un trait :

– Elle arrive, votre Majesté... Elle arrive avec une escorte armée !

Charles est tendu, son visage se crispe. Il pose sa main sur celle du garçon.

– Bien, bien... calme-toi.

Achevant de boire un verre de vin, faisant claquer sa langue d'impatience, La Trémoille ne cache pas son agacement. Ses yeux fendus sous la chair molle coulissent vers le roi. Le chambellan explose dans une colère sonore.

– Votre Majesté, je vous presse de ne pas voir cette femme. Ça empeste le piège bourguignon !

– Mes astrologues m'assurent que l'heure est p-p-propice, rétorque le dauphin en maudissant ce bégaiement qu'il n'arrive pas à maîtriser. Le signe de la Vierge se rapproche de la maison du Lion. La conjonction est parfaite. N'avez-vous jamais remarqué, sur une carte du ciel, combien la Vierge était proche du Lion ?

Plusieurs courtisans approuvent. Quel est le souverain d'Europe, qu'il soit d'Angleterre ou d'Espagne, quel est le prince, qu'il soit d'Allemagne ou de Bohême, qui ne s'entoure d'une cohorte de mages et de devins ? Arthur avait Merlin et, pour lui, le vieux sage disait l'avenir dans les étoiles. Le dauphin de France n'échappe pas à la règle. L'église tolère à peine ces superstitions, ces relents diaboliques qui sentent le bûcher. L'archevêque de Reims ne peut cacher son mépris.

– Votre Majesté, vous ne pouvez pas vous fier à d'aussi ridicules sornettes...

Charles regarde monseigneur Regnault de Chartres, aux mains surchargées de bagues lourdes, si onctueux, aux cheveux frisés au fer, parfumés d'essence de benjoin. Il sourit en pensant aux manies de l'ecclésiastique, à cet homme qui se signe peureusement dès qu'il entend l'orage tonner, et que la vue d'un chat noir ou roux fait frissonner.

– J'ai connu pire, murmure Charles comme pour lui-même.

La voix tranchante de La Trémoille le rappelle à l'ordre et à la vigilance.

– Supposons qu'elle soit un assassin ?

– Trémoille, je ne suis même pas encore roi... Qui voudrait m'assassiner ?

Un à un, le dauphin fixe les courtisans qui l'entourent. Sous les sourires respectueux, sous les visages des femmes blanchis par les fards, se cache peut-être un meurtrier. Un seigneur, habile à le flatter, pourrait dissimuler une dague. Une main fine, payée par ses ennemis, verserait-elle le poison dans son verre de vin ? L'imagination de Charles s'emballe et un frisson le parcourt. Il repose doucement le hanap, dont le liquide, parfumé à la cardamome, semble maintenant si trompeur. Il n'a plus soif.

Dans la cour carrée de la demeure royale, une flamme tourbillonne dans l'obscurité. Des naseaux des chevaux jaillissent une haleine chaude, qui fume dans l'air glacé de la nuit. Des sabots écrasent les pavés de Chinon. A la lueur des torches, les serviteurs s'empressent, tiennent par la bride les animaux épuisés. Elle a mis pied-à-terre, son corps long et mince enveloppé d'une cape sombre. Elle respire lentement, lève son visage, regarde, s'emplit les yeux de ce qui l'entoure. Sans un mot pour ses compagnons, Jeanne s'engouffre dans la forteresse. Elle monte un escalier. Marche après marche, elle entend les rires, les chants de ceux qui, là-haut, festoient et se remplissent le ventre.

Dans la vaste salle du château, les domestiques ont servi les échaudés, les confitures, les tourtes aux fruits secs, les flans et les laits d'amande. Une odeur de miel et de farine embaume l'air. Repus, les convives ne prêtent pas attention à cet autre page qui se précipite vers le roi.

— Elle est arrivée, Sire ! Elle est dans la salle des gardes.

— Bon... Je suppose qu'il me faut prendre une décision.

Dans un soupir, Charles se sent envahi par ses vieux démons. Comme pris par un mauvais rêve, il tâtonne, cherche un secours qui ne vient pas, hésite, souhaiterait entendre la voix amie, porteuse du bon conseil. Et rien ne vient. Alors il se tourne vers La Trémoille, mais le chancelier demeure muet et, soit par calcul, soit par distraction, détourne la tête. Le dauphin cherche l'appui de l'archevêque de Reims, mais monseigneur de Chartres paraît plus occupé à complimenter la bonne mine d'une dame au hennin pointu, pareil à une tourelle. Même la reine Yolande baisse les yeux et préfère croquer les dragées que lui tend l'une après l'autre un jeune seigneur. Une fois de plus, Charles est seul. Alors il regarde intensément le beau visage de Jean d'Aulon, calme et fier comme un saint de cathédrale.

– Hélas, pourquoi la vie est-elle si compliquée ? Parfois, j'en arrive vraiment à souhaiter être quelqu'un d'autre.

Les yeux bleus de Jean s'agrandissent encore et le jeune capitaine, pris d'une inspiration subite, s'enhardit à déclarer :

– C'est une bonne idée, Sire.

– Que voulez-vous dire ?

– Laissez quelqu'un prétendre être vous, et voyez si...

– Si elle peut me reconnaître ? C'est une excellente idée, s'enthousiasme Charles, qui semble rajeuni de dix ans. Si cette fille a vraiment été envoyée par Dieu, elle découvrira le piège et, si elle veut m'assassiner, elle tuera l'homme qui aura pris ma place !

– Fais-la monter, ajoute le dauphin en regardant son page, une joie mauvaise illuminant son visage étroit.

Chapitre 9

Charles se lève et les courtisans s'empressent de l'imiter. Une poignée de serviteurs débarrasse prestement hanaps et plats, fait disparaître tréteaux et pliants. La haute salle paraît plus grande maintenant. Marchant à pas mesurés, le dauphin réfléchit. Qui pourrait jouer son rôle, devenir lui durant quelques instants ? A qui confier cette étrange mission ? Il y a là, placée à une distance respectueuse, la fine fleur de ses capitaines, gens d'honneur et de courage qui se sont illustrés sur tant de champs de bataille. Tous ont parfaitement entendu la remarque du jeune d'Aulon.

Avec cette lâcheté qui fait sa force, la cour demeure de marbre. Aucun des seigneurs présents ne soutient le regard que le dauphin plante dans le leur. Ils préfèrent garder un silence prudent, affectent de continuer leurs conversations, replacent les plis de leurs robes longues, tournent le chaton de leur bague. Et si nul n'ose encore bouger, chacun souhaiterait échapper à la question muette que l'on peut lire sur les lèvres de Charles. D'un ton enjoué, comme s'il inventait une nouvelle farce, le dauphin s'adresse aux gens d'armes.

– Mes chers capitaines, je viens d'avoir une excellente idée ! Nous allons nous livrer à un petit jeu. Eh bien... faisons comme si mon trône était vide. Qui veut être le roi ?

Alors, les mains se lèvent, toutes les mains. Dans une parfaite ordonnance, aucun n'a hésité, ne fût-ce qu'une seconde. Charles en est ému.

– Voilà une vue qui réchauffe le cœur ! Voyons... qui d'entre vous pourrait passer pour un roi ?

Aussitôt, un homme sort du rang et s'avance fièrement vers Charles. Son armure dorée étincelle sous les torches. A vingt-cinq ans, que le duc d'Alençon a belle allure ! Sa bravoure ne fait aucun doute. Ses hommes, qui l'adorent, savent qu'il s'est battu comme un lion à Verneuil et que, succombant sous le nombre, il a dû se rendre, des larmes dans ses yeux. L'Anglais l'a capturé, l'a jeté en prison, dont il n'est sorti qu'après avoir payé rançon, une masse d'or, le prix de sa liberté. Le duc est beau, très aimé des femmes et bien infidèle à son épouse, Jeanne d'Orléans.

– Oh, Alençon, mon noble duc, mon royal cousin, si raffiné, si courageux, si riche – tellement riche – bien trop riche pour être le roi de France. Chacun sait que je suis l'homme le plus pauvre du royaume.

Sous le compliment doux-amer, le duc Jean se contente de hausser les épaules. Charles a déjà jeté son dévolu sur un autre capitaine. Le plus étonnant de tous, dont les yeux parfois font peur. La cour de Chinon raconte sur lui de bien étranges histoires. On prétend qu'il ne croit pas en Dieu, mais plutôt au Diable, à qui il aurait vendu son âme sur la promesse formelle du plus flamboyant des destins. A son oreille gauche pend un anneau d'or, et son armure est noire. Les dames du château, de la lavandière à la comtesse, se sont évertuées à le séduire, en vain. Il n'aime pas les femmes, préfère à ces femelles les corps fermes et souples de ses pages.

– Gilles de Rais... Maréchal de France... Redoutable pour les hommes, fascinant pour les femmes, craint de tous. Vous seriez parfait pour vous asseoir sur mon trône, mais en tant que prince des Ténèbres, pas en tant que roi de France.

Le corps du baron de Rais s'est tendu sous les mots du dauphin. Farouche, il a jeté sur l'assistance un de ses regards de loup qui fait baisser les yeux. Seul un homme a ri franchement de la boutade royale. Lui, La Hire, peut tout se permettre. Avec sa silhouette trapue, sa barbe épaisse où sont emprisonnés les reliefs de son dernier repas, il ose dire tout haut ce que les autres pensent sans émettre un son. Il n'a cessé de guerroyer, présent sur tous les fronts, haranguant ses hommes avec un rire à fracasser les murailles. La Hire est un torrent que rien ne peut arrêter. Il aime, il hait avec la même violence. Ses colères sont redoutées de ses troupes et de l'ennemi. Criant force jurons, La Hire tranche bras et têtes et son armure alors se trempe de sang. Il donnerait sa vie pour le dauphin.

– Ah, La Hire, mon courroucé capitaine... Le plus brave en France, portant les cicatrices d'une douzaine de guerres, mais avec du cœur et de l'estomac pour une douzaine de plus. Vous pourriez passer pour le roi...

– Sacrebleu, vous avez bigrement raison ! tonne La Hire.

– ... Jusqu'à ce que vous ouvriez la bouche. Personne, avec un langage comme le vôtre, ne pourrait passer pour un roi.

D'une dizaine de poitrines bardées de fer part un rire de stentor. Ses mains à la ceinture, La Hire n'est pas le dernier à s'esclaffer bruyamment et ses éperons de fer frappent le sol. Charles scrute encore, quelques secondes, ses courtisans qui, piteusement, baissent le nez. A quoi lui servent ces hommes tout occupés à mendier une faveur, à se jalouser, à s'épier sans cesse, sans qu'aucun ne se décide à agir ?

– Bien... Il semble qu'il faille que ce soit moi, après tout. Mais... attendez une minute...

Le dauphin vient d'apercevoir le visage de Jean d'Aulon qui, depuis qu'il parle, ne l'a pas quitté des yeux. Sa pureté, son innocence lui sont d'un précieux

47

réconfort. Aulon est un garçon droit, sans fortune, et sans autre ambition que celle de servir celui qu'il considère comme son roi.

– Pourquoi pas vous, Jean d'Aulon? reprend Charles. Le seul homme qui soit plus pauvre que moi, et donc le seul homme en qui je puisse avoir confiance. Plein de dignité, de sagesse et d'honneur. Que demander de plus à un roi?

Le jeune d'Aulon, qui n'en demandait pas tant, rougit, se trouble et balbutie avec l'accent chantant de sa Gascogne :

– Mon seigneur, je ne suis pas sûr...

D'un geste vif, le dauphin vient de détacher les agrafes de son manteau et en recouvre les épaules de l'écuyer. La lourde étoffe a tournoyé dans l'air. Un «Oh» de surprise parcourt l'assemblée. La Trémoille contracte sa gueule de crapaud, l'archevêque de Reims recule, saisi. La reine Yolande n'a pas bronché. Comme indifférente, elle juge sans mot dire l'attitude peu chevaleresque de son gendre.

– Mon cher Aulon, à vous revient l'honneur de représenter le sang royal!

Jean s'est figé, son cœur bat à se rompre.

– Majesté, je ne peux pas...

– Comment? reprend le dauphin avec une voix où se mêlent affection et ironie. Vous n'êtes pas prêt à mourir pour votre roi?

– Si, bien sûr, je le suis. C'est seulement que...

Charles ne lui donne pas l'occasion d'articuler un mot de plus.

– Bien. Jusque-là, prenez la liberté de vivre comme un roi!

Seigneurs et capitaines éclatent de rire, laissant Aulon plus perdu que jamais. Le jeune homme n'a pas le temps de réagir : des pas résonnent lourdement dans le couloir voisin.

– Vite, ordonne Charles, vite, sur le trône...

Les pas se rapprochent. Elle arrive, elle sera là dans quelques secondes, cette fille de Lorraine, dont

48

déjà on parle tant, la Pucelle, entourée par son escorte. Le dauphin pousse brutalement Jean d'Aulon sur le trône. L'écuyer s'affaisse sur la cathèdre de bois sculpté et ses yeux suppliant ne s'adressent plus qu'à Charles.

– Sire, vous savez à quel point je suis mauvais à ce genre de jeu.

– Alors, faites comme si ce n'était pas un jeu.

Aussitôt, le dauphin de France rejoint le groupe que forment ses courtisans. Excité, fébrile, son épaule proche à toucher celles de ses vassaux, Charles semble se fondre au milieu d'eux. Il n'est que temps. Deux pages viennent d'ouvrir les portes de chêne. Seigneurs et dames tournent instinctivement leurs têtes vers elles. Le silence est absolu. Jean d'Aulon arrange nerveusement les plis du manteau brodé de fleurs de lys, redresse son visage, pose ses bras sur les accoudoirs du trône et tente, vaille que vaille, de prendre une posture royale...

Elle entre, elle porte une tunique crasseuse et ses longs cheveux, attachés sur sa nuque, dépassent de sa coiffe. Jeanne, naïve, sans manière, candide, si confiante, si convaincue par sa mission, contraste avec les courtisans chamarrés d'or et de brocart. Face à elle, ils reculent, lâches, s'écartent progressivement afin de la laisser passer au milieu d'eux. La reine Yolande s'amuse de leurs regards inquisiteurs autant que stupéfaits. Jeanne se tient devant l'archevêque Regnault de Chartres. Le prélat ne cesse de se signer, répandant de l'eau bénite sur les pas de l'étrangère. La Trémoille, glissant et onctueux, facilite son avancée, avec un sourire luisant. Elle parle :

– Je suis venue pour voir le dauphin.

Obséquieux, le ministre acquiesce, la précède jusqu'au trône où se tient le jeune d'Aulon, visiblement de plus en plus mal à l'aise. Elle s'arrête devant lui et l'écuyer la dévisage. Elle lui rend son regard, l'examine lentement, froidement. Enfin, elle sourit. Et il rougit jusqu'au sang. Elle penche sa tête, comme un enfant curieux, et lui demande :

– Qui êtes-vous ?

Aulon, la gorge sèche, ne peut que balbutier :

– Je suis... je suis... je suis....

– Sa très gracieuse majesté Charles de Valois, dauphin de France, reprend La Trémoille.

Une fois encore, Jeanne sourit fermement à Jean d'Aulon.

– Je vois bien que vous êtes un homme bon, mais vous n'êtes pas le dauphin.

Et s'adressant au ministre :

– Je suis désolée d'insister, mais nous n'avons pas de temps à perdre. Je dois voir le dauphin. Où est-il ?

La Trémoille, plus courtisan que jamais, la défie d'un geste gracieux.

– Il est ici. Et, s'inclinant presque :

– Trouvez-le vous-même.

Une courte pause. Jeanne ne bronche pas. Et lentement, avance entre ces hommes silencieux, scrute des visages. Quelques dames se divertissent fort en moquant sa mise de paysanne. Et cependant, comme Jeanne semble plus lumineuse que ces perruches... Elle aperçoit La Hire, Le duc d'Alençon et Gilles de Rais, tous trois au coude à coude, et qui cherchent à faire écran de leur corps, comme si quelqu'un se dissimulait derrière eux.

Elle s'approche encore. Et les capitaines se resserrent, épaule contre épaule. Charles demeure encore caché. Sa curiosité l'emporte, alors que Jeanne marche vers lui. Soudain, les trois militaires bondissent, leurs épées déjà à nu, pointes dressées contre la gorge de la jeune fille.

– Il n'y a pas de raison d'avoir peur, Sire, murmure-t-elle.

– Je suis... je ne suis pas le roi, rétorque Charles.

– Je sais que vous ne l'êtes pas encore, mais vous le serez bientôt.

Le dauphin fait un geste. Les soldats remettent les épées au fourreau, avec une prudente circonspection.

– C-c-comment saviez-vous qui je suis ? se trouble Charles.

50

– Ses voix, bien sûr..., ironise le duc d'Alençon.

Gilles de Rais caresse sa boucle d'oreille et ajoute :

– « C'est lui », ont-elles dit. « Celui au long nez, avec des poches sous les yeux. »

Alençon, Rais et La Hire partent d'un éclat de rire sonore. Jeanne se précipite sur Charles, se jette à ses genoux, entoure ses chevilles de ses bras.

Charles hurle, les trois capitaines tirent à nouveau leurs épées, la cour, stupéfaite, n'a pas un geste. Enfin, le dauphin Charles ordonne d'un signe aux militaires de reculer.

– Mon gentil dauphin, je vous apporte de bonnes nouvelles.

Charles de Valois lui tend sa main, et l'autorise à se relever. Jeanne se rapproche encore de lui et murmure :

– C'est un message du roi des cieux. Pour vous, et vous seulement.

Ses mots sont si simples, elle les dit avec une telle conviction, une telle force... Comment douter de cette fille ? L'effet hypnotique qu'elle produit sur Charles n'a pas échappé à ses courtisans. Charles VII hésite un instant, puis lâche :

– Suivez-moi.

Lentement, il la conduit hors de la salle du trône. Soulevant sa robe, brodée de fils d'or, La Trémoille suit ce couple étrange. Sur le seuil de la porte, le dauphin se retourne et, de son corps, lui barre le passage. Le ministre n'en croit pas ses yeux :

– Votre majesté, je pense vraiment que vous...

– Mon cher et loyal Trémoille, je sais que je peux compter sur vous...

– ... comme toujours, majesté...

– ... pour veiller à ce qu'on nous laisse seuls. Je dois lui parler, seul.

Abasourdi, La Trémoille trouve la force d'articuler :

– Comme vous le souhaitez, majesté.

Charles et Jeanne disparaissent dans l'embrasure

de la porte qui se referme sur eux. A cet instant, la reine Yolande, qui souhaite les suivre, se heurte au ministre, dont la colère, sur le point d'éclater, retombe. Avec un malin plaisir, qu'il ne prend même pas la peine de dissimuler, il lance à la souveraine :

– Il veut lui parler, seul.

Chapitre 10

La chambre du roi. Devant un grand feu, Jeanne se tient assise face à Charles. Et leurs visages se rapprochent insensiblement l'un de l'autre. Douce et charmante, la voix de la jeune Lorraine vibre d'émotion :

– J'avais environ huit ans. C'était par une belle journée de printemps. J'étais dans la forêt, prenant un raccourci pour rentrer chez moi, quand le vent s'est mis à souffler dans les arbres. Un son si étrange, presque comme des mots, comme si quelqu'un appelait...

Jeanne se souvient de ce petit garçon, silencieux, assis sur un trône d'or, au milieu d'un champ, et qui pointait son doigt vers elle.

Charles continue de se taire, intrigué.

– La seconde fois, c'était des années plus tard. C'était l'automne, je rentrais de l'église, quand, soudain, le même vent violent s'est remis à souffler...

Elle n'a jamais oublié. Elle a dix-sept ans, et une soudaine bourrasque la fait tournoyer et la repose couchée sur le dos, les bras en croix, son visage contemplant le ciel au-dessus d'elle.

– Tout se déplaçait avec rapidité, le vent, les nuages, je ne pouvais pas bouger ! Puis, soudain, une forme est apparue en plein ciel.

Les nuages viennent de dessiner les angles d'un visage, elle voit celui d'un vieil homme. Il ouvre sa bouche, irradie un éclair de lumière qui la frappe, elle, toujours couchée sur ce champ. Cette bouche, grande ouverte, semble prononcer le mot « Jeanne », et le son est si énorme...

La bouche se referme, et, brusquement, libère un grand rayon de lumière.

D'instinct, Charles, effrayé, se recule, mais il ne peut interrompre son écoute. Les yeux de Jeanne étincellent de larmes.

– J'avais si peur... Il était si... si présent...

Dans la forêt, il y a ce petit garçon qui se change en un jeune homme superbe. Il désigne Jeanne du doigt.

– J'ai alors réalisé qu'il m'avait choisie, mais je ne comprenais pas ce qu'il fallait que je fasse...

Les yeux de Jeanne brillent comme deux étoiles. Sûre d'elle, en pleine possession de ses moyens, plus forte qu'elle ne s'est jamais sentie, elle ajoute d'un trait :

– Quelle était ma mission ? Aider mon pays ? Mais comment pouvais-je faire ça ? J'étais seulement une pauvre fille qui ne savait rien de monter à cheval ou de faire la guerre... Alors j'ai décidé d'attendre et de n'en parler à personne.

– Vous avez bien fait...

– Je n'ai pas attendu longtemps. Un jour, j'allais à la messe, comme tous les jours, quand le même vent étrange s'est mis à souffler à nouveau...

A Domrémy, les portes de l'église s'ouvrent brutalement. Ce vent vient de l'intérieur du lieu saint, jusqu'à Jeanne ! Des rais d'une lumière irréelle s'entrecroisent à travers les vitraux, illuminent Jeanne d'une myriade de teintes aux nuances colorées. Elle chancelle d'inquiétude : au-dessus de l'autel, le plus grand des vitraux commence à onduler, à gondoler, comme si une soudaine vague de chaleur mettait le verre en fusion. Est-ce un mirage ? L'image d'un bel archange prend lentement forme et vie. Il sort de son cadre de plomb et s'avance vers Jeanne...

– Tout m'est alors apparu clairement. Dieu m'appelait enfin. Il avait une mission pour moi, un message à délivrer...

L'archange avait tendu les bras vers elle, qui tombe à genoux, comme pour l'étreindre. Et à nouveau, cette lumière si absolue...

Le dauphin a le front brillant de sueur. Il ne peut détourner son attention. – ... Et alors, qu'a-t-il dit ?

Jeanne, très sûre d'elle, continue à parler.

– Il a dit que je devais sauver la France de ses ennemis et la redonner à Dieu, et il m'a dit que, moi, Jeanne, je vous conduirais à l'autel à Reims pour être couronné roi de France.

Lentement, Charles relâche son souffle et ses larmes débordent, roulent sur ses joues. Avec une infinie douceur, Jeanne lui prend la main et la pose sur sa propre joue mouillée.

– Je suis si fière d'être celle que Dieu a choisie pour vous aider, et je voue mon courage à votre cause jusqu'à mon dernier soupir. Tout ce que vous avez à faire maintenant, c'est de placer votre confiance en moi.

Alors Jeanne prend les mains du dauphin. Et Charles, submergé par l'émotion, semble, pour la première fois, aussi démuni et sans défense, pareil au petit garçon blessé qu'il n'a cessé d'être.

– Je vous fais confiance, Jeanne, vraiment, et j'envie votre certitude. Mais comment puis-je être certain d'avoir le droit de me faire appeler roi quand je ne sais même pas qui est mon père. Ma mère ne s'en souvient pas non plus... J-j-j'ai besoin de savoir...

La fille de Lorraine contemple un long moment celui qui lui fait face. Elle place ses mains de chaque côté de son visage et l'attire doucement vers elle jusqu'à ce que leurs deux fronts se touchent...

Les lèvres de Jeanne s'ouvrent sur des mots. Le secret qu'elle lui révèle le bouleverse. Charles se prend à rêver.

Une cloche se brise, la bannière royale flotte triomphalement au vent, alors que des capitaines anglais jettent leurs armes et s'agenouillent devant le dauphin en signe de soumission. Les lourdes portes de Reims s'ouvrent et une foule exultant de joie accueille son roi avec des cris de joie. Charles tombe à genoux dans la cathédrale et deux mains ornées de bagues posent la couronne de France sur sa tête...

Jeanne tient encore entre ses mains le visage de Charles, comme si elle venait de le ceindre de la couronne. Pour lui, sa vision est devenue réalité.

– Vous croyez vraiment que Dieu laisserait tout cela arriver... si vous n'étiez pas le véritable roi de France ?

Dans la grande salle du château de Chinon, les courtisans n'en finissent plus de discuter entre eux, de s'interpeller. Le bruit de leurs conversations est devenu assourdissant. Chacun attend nerveusement. Une porte s'ouvre. Charles, suivi de Jeanne, surgit. Transfiguré ! Anxieux, La Trémoille examine celui qu'il reconnaît à peine. La cour attend le verdict du dauphin. Sans un mot, le Valois mène Jeanne vers Jean d'Aulon.

– Jeanne, voici, en fait, mon ami fidèle et excellent archer, Jean d'Aulon. Jean... je la remets à vos soins. Trouvez-lui une chambre convenable, ici, au château... et protégez-la de votre vie.

– Oui, Sire.

Jeanne frémit.

– Je n'ai pas besoin d'une chambre si nous devons marcher sur Orléans...

– Orléans tient depuis six mois, lui répond tranquillement Charles. Je ne pense pas que quelques jours feront une grande différence. Prenez du repos.

Docilement, Jeanne suit Jean d'Aulon hors de la grande salle. Les courtisans ne la quittent pas des yeux. A peine est-elle sortie que les conversations reprennent de plus belle. Chaque seigneur prétend vouloir donner son opinion. Chaque dame y va de son commentaire aigre-doux. Gilles de Rais lance au dauphin Charles un de ses regards de loup.

– Elle vous a jeté un sort, c'est certain.

Charles de Valois attire ses capitaines dans un coin de la salle.

– Elle jettera un sort à chacun si on lui donne la moitié d'une chance... Et nous devons nous assurer qu'elle obtienne cette chance.

Stupéfait, le jeune duc d'Alençon intervient :

– Que voulez-vous dire ?

– Pouvez-vous imaginer l'effet produit sur les Anglais lorsqu'ils verront une fille chevaucher à la tête de notre armée ?

– Oui, rétorque brutalement La Hire, ils vont s'en pisser dessus. De rire.

Gilles de Rais est devenu plus sombre qu'à l'ordinaire.

– Nous ne sommes plus vos capitaines préférés ?

– Non, je veux dire si ! Bien sûr...

– Charles, s'indigne Alençon, vous voulez donner le commandement de l'armée à une... femme ?

– Bien sûr que non ! Vous en gardez la tête, comme toujours... Mais si elle peut redonner foi à mes soldats, alors peut-être que vous, mes chers capitaines, serez capables de lever le siège d'Orléans. Qu'en pensez-vous ?

Rais frappe violemment le sol de son pied.

– Brillante idée... Mais pour être vraiment efficace, pourquoi ne pas envoyer une armée entière de vierges ?

– Ça, éructe La Hire, ça redonnera foi à mes soldats !

Son rire éclate bruyamment sous les voûtes de la grande salle.

– S'il vous plaît, mes amis, reprend Charles, vous me connaissez... vous savez à quel point je doute de tout, mais, pour la première fois de ma vie, je... j'ignore pourquoi... je sens que je dois lui faire confiance... Et maintenant, je vous demande, je vous supplie de me faire confiance...

Les trois capitaines gardent le silence, et s'inclinent.

Chapitre 11

Jeanne découvre un labyrinthe de couloirs débou-
chant sur des corridors éclairés par des lampes à
huile. Elle se sentirait presque perdue tant elle a
monté et descendu d'escaliers. La chambre qu'elle
s'apprête à occuper au château de Chinon est petite,
propre. Un lit, un banc, un coffre. Elle regarde
autour d'elle, aperçoit un crucifix de bois, en souffle
la poussière qui le recouvre, et le replace au-dessus
de la couche. Jean d'Aulon se tient, très droit, dans
l'embrasure de la porte. Hésitant quelque peu, il se
décide à parler, d'une traite :

– Écoutez, s'il vous plaît, acceptez mes excuses
pour... vous savez, prétendre être le... eh bien, ce
n'était pas vraiment mon idée... en fait, si, c'était mon
idée, mais...

Jeanne lui sourit, et l'interroge :

– Vous pensez que je peux avoir de l'eau ?

Pris au dépourvu, Jean balbutie :

– Oui, bien sûr... de l'eau... autre chose ?

En courant, deux pages pénètrent dans la chambre.
L'un porte des sacs. Le second, une bassine et quelque nourriture. Loyaux et fidèles, âgés de treize ans,
Louis et Raymond sont inséparables. A leur arrivée,
Jeanne lève les yeux et s'assoit sur le lit. Elle le
caresse du plat de sa paume : le matelas est en en crin
de cheval.

– Je voudrais de la paille fraîche.

Jean d'Aulon se tourne aussitôt vers l'un des garçonnets.

– Louis, de l'eau... et de la paille fraîche.

L'enfant sort précipitamment.

– Et j'aimerais voir un prêtre.

– Maintenant ?

– Oui. Je ne me suis pas confessée aujourd'hui.

– Bien.

Jean d'Aulon se tourne vers le second garçon.

– Raymond... un prêtre.

L'enfant sort précipitamment.

– Je vais également avoir besoin d'un cheval de guerre, le mien est trop lent, et d'une armure, et d'une bonne épée, et d'un peintre pour me faire une bannière.

– Maintenant ?

– Mieux vaut aujourd'hui que demain.

– Eh bien... euh... Ça risque de prendre un peu de temps, mais laissez-moi voir ce que je peux faire.

Le jeune écuyer est déjà sur le point de quitter la pièce lorsque Jeanne le retient en lui disant :

– J'ai également besoin de quelqu'un qui sache lire et écrire.

– Ça, je peux le faire.

Jeanne ne cache pas sa surprise. Afin de répondre à sa question muette, le jeune homme poursuit :

– J'étudiais à l'université de Paris, jusqu'à ce que les Anglais envahissent la ville.

– Je vous croyais archer ?

– Oui, je le suis, je suis un archer qui sait lire et écrire. A qui voulez-vous écrire ?

– Au roi d'Angleterre. Je veux donner à ses hommes la chance de quitter Orléans pacifiquement avant que je n'y arrive.

Sans ajouter un mot de plus, Jean d'Aulon se contente de regarder Jeanne, intensément.

L'aube se lève sur la salle des gardes. Raymond, le petit page, tend une lettre à un cavalier déjà harnaché.

A cheval, l'homme franchit le pont-levis et s'éloigne au galop.

Sur la terrasse du château qui domine la ville de Chinon, ses mains appuyées au rempart, La Trémoille regarde le messager devenir, dans un nuage de poussière, un point minuscule à l'horizon. A ses côtés, Charles et l'archevêque de Reims.

Le ministre s'adresse au dauphin :

– Je ne peux pas croire que vous la laissiez adresser une telle lettre...

A quelques mètres de son conseiller, Charles contemple Jeanne qui, au pied des douves, s'entraîne avec un bâton au maniement de l'épée.

– Elle va réussir.

La Trémoille jette un regard en coin à Regnault de Chartres qui, à son tour, prend la parole :

– Il va falloir plus qu'une lettre pour déloger les Anglais.

Le ministre acquiesce avec vigueur :

– Une armée, par exemple...

Le dauphin demeure de marbre.

– Mes capitaines m'ont juré leur soutien.

Exaspéré par l'attitude de son maître, le conseiller argumente point à point :

– Nul doute que vos capitaines vont combattre pour votre bonne cause, mais qu'en est-il des simples soldats ? De nos jours, ils ne partent plus en guerre pour de nobles causes. Ils se battent pour de l'argent. Qui va les payer ?

– Moi.

La voix de la reine Yolande vient de trancher l'air. Accompagnée de sa fille, la reine Marie, de son petit-fils, le prince Louis, elle regarde tranquillement les trois hommes qui lui font face.

– Vous paierez ? s'étonne le dauphin.

– Pour le bien de la France, Charles. Et celui de mon petit-fils.

La Trémoille joint ses mains, joue un instant avec ses bagues.

– Avec tout mon respect, Madame, l'archevêque et moi-même avons entrepris de délicates négociations avec les Bourguignons. Si nous pouvons les rallier à nos côtés...

– Négociez par tous les moyens, mais en conservant une position suffisamment forte. Si les Anglais prennent Orléans, il n'y aura plus grand-chose à négocier, le reste du pays leur appartiendra.

– Madame, insiste La Trémoille, ce serait le comble de la folie de laisser cette... enfant... diriger notre armée au nom du roi, sans prendre le soin de vérifier avant tout ses motivations véritables.

L'archevêque de Reims avance d'un pas et s'adresse à son tour à la reine :

– Messire de la Trémoille a raison. Cette fille doit être soumise à un examen rigoureux par les docteurs de l'Église, à Poitiers. Nous devons absolument nous assurer qu'elle n'est pas un instrument du diable.

– Comment pouvons-nous nous assurer absolument de quoi que ce soit ? maugrée Charles. Nos intuitions sont parfois nos meilleures conseillères...

Regnault de Chartres lève les yeux au ciel.

– Nous devons écouter notre Sainte Mère l'Église avant nos intuitions.

La Trémoille plante un regard égrillard dans celui du roi.

– Attendez... elle prétend être vierge. Voilà quelque chose que nous pouvons vérifier, et dont nous pouvons être certains.

Hésitant encore, Charles de Valois se tourne vers sa belle-mère. La reine semble mal à l'aise. Reprenant son calme, elle finit par lâcher :

– Pourquoi pas ?

Son front barré par un pli soucieux, le dauphin se tourne à nouveau vers Jeanne. Avec toujours plus de force, elle continue son entraînement au combat, et, soutenue par une nouvelle énergie, décapite un ajonc.

– Bien, ajoute-t-il comme pour lui-même, vérifions.

Chapitre 12

La nuit est tombée, et la ville de Poitiers, toujours dévouée au roi de France, est livrée au sommeil. Calme trompeur. A l'université, dans la plus vaste salle, dix théologiens marchent aux côtés de dix notables de la cité. Deux par deux, ils défilent en procession, s'arrêtent, se font face, avec une rigueur toute militaire. Deux pages s'empressent de tirer un drap blanc. L'étoffe masque Jeanne, en robe immaculée lacée, debout sur un tréteau bas.

Des religieuses entourent la jeune Lorraine. Deux d'entre elles défont les lacets de sa robe puis la remonte jusqu'au-dessus de ses genoux. Une vieille sage-femme lave ses mains dans une bassine de cuivre.

Puis, elle se tient devant Jeanne désormais prête pour l'examen. Deux fillettes tendent un trépied à la matrone, qui s'y installe, se penche, afin de regarder entre les cuisses de celle qui a fermé les yeux. Sa bouche se crispe quand elle sent deux mains ridées toucher sa chair, surtout qu'on en finisse, vite ! Derrière le rideau, les hommes n'ont pas bougé. Aucun d'entre eux n'est autorisé à voir ce qui se passe maintenant et qui demeure affaire de femmes.

En compagnie de son fidèle Richemont, la reine Yolande, près d'une fenêtre, attend le verdict. Et sa nervosité grandit. Décidément, la vieille matrone prend son temps...

– Et si elle ne l'est pas ? murmure Richemont.

– Je la tuerai de mes mains..., répond Yolande.

Une poignée de minutes passent, interminables. Enfin, la vieille annonce solennellement, et d'une voix que tous peuvent entendre :

– Il n'y a aucun signe de corruption ou de violation. Elle est intacte.

Le soulagement de la reine d'Aragon est visible.

L'intégrité physique de Jeanne a été prouvée. Il s'agit maintenant de sonder son âme. C'est affaire désormais de foi et de religion. Le dauphin Charles n'a pas lésiné sur les moyens. Il a réuni tous les spécialistes qui font autorité en matière spirituelle, du moins ceux qui sont demeurés fidèles à la cause du roi de France. Il sait qu'il ne peut en aucun cas compter sur les professeurs de La Sorbonne. La quasi-totalité d'entre eux soutient le parti anglais et récuse sa légitimité. C'est pourquoi l'épreuve cruciale qui attend Jeanne va se dérouler à l'université de Poitiers. Là, théologiens et docteurs en droit canon ont pris place sur une rangée de sièges en bois. Parmi eux, l'archevêque de Chartres et Jean d'Aulon. Observant silencieusement la scène, le jeune écuyer ne dissimule pas l'admiration qu'il porte à celle qui fait face à ces hommes, austères, tous habillés de noir et de rouge.

Jeanne, debout, mains jointes, se tient au centre de la pièce, depuis des heures, comme devant un tribunal. Inlassablement, les questions des inquisiteurs éclatent en feu nourri. Jeanne répond sobrement.

– Et... que portait exactement cette... vision ?

– Je ne m'en souviens pas.

– Portait-elle une couronne ?

– Je n'ai vu aucune couronne.

– Alors était-elle nue ?

Dans l'assistance, où se mêlent bourgeois et seigneurs, fusent quelques rires, vite étouffés.

Jeanne demeure de marbre et ajoute tranquillement :

– Pensez-vous que Dieu ne puisse se permettre de lui donner des vêtements ?

La réplique fait mouche ! Amusé autant qu'admiratif, le public réagit favorablement. Un scribe, au mince sourire, note scrupuleusement questions et réponses sur les pages en vélin d'un grand livre.

– Cette... vision vous a-t-elle donné quelque chose, un objet, comme une bague ou un rosaire ou quoi que ce soit, qui nous permettrait de vérifier vos dires ?

– Elle m'a donné de bons conseils.

Le théologien fait la grimace. Un inquisiteur vole à son secours, et taraude Jeanne, sur un autre terrain.

– Durant votre enfance, avez-vous reçu quelque entraînement militaire ?

– Non.

– Êtes-vous exercée et habile au maniement de l'épée ? poursuit un troisième.

– Non. Mais je suis bonne au bâton.

A nouveau, l'assistance ne peut s'empêcher de laisser libre cour à une franche hilarité.

– Savez-vous ce qu'est une couleuvrine, telle qu'on la fabrique à Dijon ?

– Non.

– Il s'agit d'une pièce d'artillerie, répond l'homme, agacé. Comment comptez-vous lever le siège d'Orléans si vous ignorez tout de l'artillerie moderne ?

Jeanne ne cille pas.

– La route jusqu'à Orléans est longue, et je serai entourée de bons capitaines. J'apprendrai vite, croyez-moi.

Les quatre inquisiteurs délibèrent en secret. Seul le murmure de leur conversation tranche le silence de la vaste salle. L'archevêque de Reims, sur la défensive, hoche la tête, balaie d'un revers de main les arguments de Jeanne, multiplie les réserves. L'inquisiteur en chef s'adresse alors à la jeune fille.

– Nous aimerions vous croire Jeanne, mais nous pensons que si Dieu voulait que nous croyions en vous, il vous aurait envoyé avec un signe comme preuve que nous devions avoir foi en vous. Nous ne pouvons pas conseiller au roi de vous confier l'armée sur vos affirmations. Ne pouvez-vous rien faire ? Nous montrer quelque chose ? Un signe pour prouver que vous êtes bien l'envoyée de Dieu ?

– Monseigneur, je ne suis pas venue ici afin de faire des tours de magie. Vous êtes tous beaucoup plus intelligents que moi – moi, je ne sais pas même lire l'alphabet –, mais je sais que, pendant que le peuple de France gît, exsangue, vous êtes là, assis dans vos beaux atours, à essayer de me tromper. Cependant, vous ne faites que vous tromper vous-même. Vous vous dites hommes de Dieu, toutefois, vous ne pouvez voir Sa main quand Il m'a guidée sans dommage à travers cinq cents ligues ennemies pour vous apporter Son aide. N'est-ce pas une preuve suffisante ? Ou souhaitez-vous encore plus de signes ? Donnez-moi le commandement d'une armée, menez-moi à Orléans, et là vous verrez le signe que l'on m'a envoyée réaliser !

A grand-peine, Jean d'Aulon se retient d'applaudir. L'inquisiteur en chef vient de prendre sa décision. Lentement, il soulève son marteau d'ivoire et...

Chapitre 13

Orléans est assiégée depuis six mois. La ville s'est enfermée derrière ses trente-huit tours et ses trois kilomètres de remparts. Depuis le mois d'octobre de l'an 1428, les Anglais se sont rendus maîtres, sur la rive gauche de la Loire, des fortifications du pont, les Tourelles. Ils ont construit des bastilles et chacune est reliée par des chemins de ronde qui barrent chaque route. Et la guerre fait rage... Tout est bon pour la gagner. Surtout les machines ! Un maillet vient de s'abattre. Sous le choc, il heurte une clavette, qui libère une catapulte. Le monstre de bois projette un énorme bloc de pierre et la masse inquiétante s'envole, passe par-dessus le fleuve, en direction de la ville.

Sur les remparts, un garde a repéré le bloc qui fonce dans le ciel limpide. Soudain, il hurle :

– 45, euh, nord-nord-ouest, droit sur nous !

Dans sa chambre, un homme écrit une lettre sur une petite table. Dunois est le fils adultérin de Louis d'Orléans et de sa maîtresse Mariette d'Enghien. Le dauphin a chargé ce demi-cousin de défendre la ville assiégée. Avec zèle, ce modèle de la chevalerie s'efforce d'être digne de sa périlleuse mission. Il a choisi les meilleurs soldats, les a divisés en bataillons bien encadrés, il sait leur parler, les encourager, leur communiquer son inébranlable courage. Celui que tous, et sans méchanceté aucune, appellent le Bâtard d'Orléans vient d'entendre l'avertissement du soldat. Calmement, il interroge l'un de ses hommes, Gamache.

– Cela vient de quel côté, ça ?

– Du côté de la fenêtre ! s'écrie Gamache, réalisant le danger.

Dunois n'a que le temps de plonger afin de se mettre à l'abri ! A l'instant même, le bloc de pierre crève le plafond, s'abat lourdement sur le sol, broie la table où le jeune prince écrivait encore quelques secondes auparavant, laissant dans le mur un trou béant...

D'un nuage de poussière, émerge le Bâtard d'Orléans. Il se secoue, se relève, s'époussette, fixe d'un air las le désastre. Six mois de siège ont épuisé cet homme encore jeune, dont les dames vantent la beauté. Qui le reconnaîtrait aujourd'hui, amaigri, épuisé ?...

Soudain, un officier entre précipitamment dans la pièce, et sans un regard pour les dégâts s'écrie :

– Seigneur Dunois... J'ai de merveilleuses nouvelles ! Enfin, il nous l'envoie, merci à Dieu, nous sommes sauvés, c'est merveilleux !

– Calmez-vous, Xaintrailles ! Et maintenant, répétez-moi cela lentement. Qui a finalement fait quoi ?

Le jeune militaire respire une seconde et ajoute, s'efforçant de mesurer le débit de ses paroles :

– Le dauphin, il nous envoie de la nourriture, des renforts et une armée conduite par Jeanne, la Pucelle de Lorraine. N'est-ce pas merveilleux ?

Dunois dévisage le jeune homme, bouillant d'impatience et de foi, et ajoute, aigre-doux, pince-sans-rire :

– Oui, c'est un miracle !

– Et ce n'est pas le premier ! On dit qu'elle a sauvé un petit garçon qui se mourait de...

– Xaintrailles, ne me parlez pas de miracle... tranche le prince violemment.

Le Bâtard d'Orléans pointe un doigt fatigué vers le sol et ajoute, presque pour lui :

– Si j'étais resté assis ici à attendre un miracle, je serais mort désormais.

Dunois regarde le ciel, visible à travers le trou causé par le bloc de pierre.

Xaintrailles se trouble et finit par lancer :

– Mais... Ne pensez-vous pas que nous devrions au moins... la recevoir ?

Dunois ne peut s'empêcher de soupirer. Il semble réfléchir une poignée de secondes, puis :

– Tant qu'elle apporte de la nourriture et des renforts, elle sera la bienvenue.

La famine est devenue le pire des fléaux. Les habitants sont réduits à manger les rats, les chiens, et jusqu'aux chevaux. Ils font bouillir le cuir des harnais, dévorent à s'en rendre malades l'écorce des arbres. Il ne reste plus aux Orléanais qu'à attendre un secours que beaucoup jugent bien improbable. Par curiosité, plus que par certitude, le Bâtard d'Orléans a accepté d'aller au-devant de cette Jeanne dont on parle tant.

Au pied de la ville, dont la toiture des maisons disparaît sous l'épaisseur des remparts, une petite troupe d'hommes à cheval se tient au bord de la rive. Parmi eux, Dunois, Gamache et Xaintrailles. Tous attendent près d'une butte.

– Je ne peux croire qu'ils nous envoient une femme, s'impatiente Gamache.

– Peut-être n'ont-ils envoyé personne, corrige Dunois, philosophe.

A quelques lieux de là, un cheval galope, galope, galope.

– Je me demande, s'amuse Gamache, de quelle couleur est sa robe.

Le cheval avance toujours, d'un rythme frénétique, presque violent, et de ses naseaux sort une haleine chaude et fumante.

– Je parie sur le rouge, ajoute Gamache. Puis s'adressant au Bâtard d'Orléans :

– Et toi?

– Bleue.

Sous les éperons qui s'enfoncent dans ses flancs, le cheval hennit douloureusement.

– Bleue, avec un ruban bleu dans ses cheveux pour ligoter Talbot.

Les yeux du cheval se dilatent, tant son effort est grand à fournir.

– Sait-elle seulement monter à cheval? persifle Dunois.

– Elle sait! affirme Xaintrailles.

Une bannière blanche, brillante, obsédante. La sienne. Un cavalier, revêtu d'une armure immaculée, étincelante sous le froid soleil d'hiver. Il tire sur les rênes de son cheval, l'immobilise, net. Il remonte la visière de son casque. Et son visage apparaît. Jeanne, au front et aux joues luisants de sueur, aux yeux flamboyants. Dunois en est muet de surprise. Pas elle.

– Vous êtes envoyés par le seigneur Dunois?

L'étonnement du Bâtard d'Orléans est à son comble.

– Oui...

– Bien. Où sont les Anglais?

– Partout, ajoute Dunois. Où est la nourriture?

– Elle arrive, j'ai chevauché en avant. Je dois parler au capitaine de l'armée anglaise... Son nom est Talbot.

– Je sais, répond Dunois d'un ton sec.

– Bien. Pouvez-vous me conduire à lui?

– Il est de l'autre côté de la rivière.

Deux chevaliers ont rejoint le petit groupe : La Hire et Gilles de Rais. Furieuse, Jeanne s'adresse à Dunois.

– Alors, qui a donné l'ordre de me conduire de ce côté-ci de la rivière?

La Hire ne laisse pas au prince le temps de répondre. Et l'apostrophe, avec sa coutumière insouciance :

– Eh, mon ami ! Je suis content de revoir ta damnée sale figure !

La jeune Lorraine se tourne immédiatement vers le capitaine.

– La Hire, je vous préviens, ne jurez pas !

– Désolé Jeanne, s'excuse déjà le militaire.

Puis, s'adressant à Dunois :

– Vous vous êtes déjà rencontrés tous les deux ?

– Eh bien... en quelque sorte...

A son tour, Gilles de Rais intervient et, regardant Jeanne :

– C'est quelqu'un, hein ?

La Hire regarde avec un sourire béat la jeune fille et lui lance :

– Jeanne, laissez-moi vous présenter l'opiniâtre seigneur Dunois.

– Alors, seigneur Dunois, montrez-moi le chemin qui mène de l'autre côté de la rivière, déclare la Lorraine, nullement impressionnée par ce sang royal.

Aussitôt, elle tourne bride. Dunois tente de l'arrêter et hurle :

– Attendez, attendez !

A son tour, Jean d'Aulon vient d'arriver.

– Quoi ? s'impatiente Jeanne, en revenant sur ses pas.

Dunois n'a jamais été aussi mal à l'aise. Il regarde ses hommes, fixe Jeanne, qui ne baisse pas les yeux.

– Parce que... Parce que, je veux dire, les Anglais ont un grand sens de l'humour, mais... Je veux dire, vous ne comprenez pas...Pour eux, vous êtes une sorcière, au service du Diable. Qu'est-ce qui vous fait croire qu'ils vont vous écouter ?

– Parce que s'ils ne m'écoutent pas, je pousserai contre eux un tel cri de guerre, qu'ils se souviendront de nous pour toujours !

– Eh bien, j'aimerais voir ça, mais, après avoir tenu conseil avec mes capitaines, je pense qu'il vaudrait mieux tout d'abord porter de la nourriture en ville, puis attendre qu'Alençon arrive avec des renforts avant d'entreprendre quoi que ce soit.

La colère de Jeanne est sur le point d'éclater...

– Vous avez beau avoir tenu conseil, j'ai tenu le mien, et je vous le dis, le conseil de Dieu est plus sage que le vôtre, et il me dit de parler aux Anglais, maintenant.

Mais qui est donc cette fille qui ose parler ainsi à un prince de France? Dunois, qui n'est guère commode, commence lui aussi à s'échauffer sérieusement.

– Parfait, allez-y maintenant si vous le voulez, mais sans moi! Vous avez peut-être un devoir envers Dieu, moi j'en ai un envers mes gens, et ils sont en train de mourir de faim! Alors, je vais tout de suite porter la nourriture en ville, et si vous pouvez, s'il vous plaît, vous calmer et me laisser vous conduire à Orléans, ce sera un honneur pour moi que de vous y accueillir.

Gilles de Rais sourit à Jeanne. La Pucelle serre les mâchoires.

La porte Est d'Orléans, architecture de bois clouté et de plaques de fer forgé, défoncée à maintes reprises par l'ennemi et qui, malgré tout, a tenu bon, est largement ouverte! Un convoi de chariots, gardé par des soldats, pénètre lentement dans la ville. Jeanne et les capitaines suivent à cheval, d'autres sont à pied.

Un groupe d'enfants, les yeux creusés par la faim, le visage émacié, regardent de leurs dernières forces l'amoncellement de nourriture: bœufs et moutons entiers, poulets, sacs de grains, pleins tonneaux de poissons séchés.

La plupart des habitants, usés par ce siège interminable, n'ont même plus la force de se réjouir ou de montrer une quelconque excitation. A leur seule vue, La Hire ne peut réprimer son indignation et sa peine:

– Jésus-Christ... Ces damnés Anglais vont payer pour ça!

Jeanne le force à se taire.

– Ils paieront, et vous aussi si vous continuez à jurer de la sorte.

La petite procession atteint la grand-place. Une foule s'est formée, de pauvres gens, de vieillards, d'hommes et de femmes, d'enfants aussi. Et cette foule, qui l'attend depuis tant de jours, avec tant d'impatience et de foi, s'avance devant Jeanne, se fend en silence, tandis que la jeune fille, Dunois et leur suite la traversent.

C'est donc elle, cette fille de Lorraine, dont ils ont tant entendu parler, qui vient les secourir, tous ! Comme elle a fière allure, comme elle ressemble à un véritable capitaine, droite sur son cheval. Alors ces gens essaient de l'approcher, de la toucher. Certains lui parlent et disent :

– Bénissez-nous, Jeanne !... Sauvez-nous !

La nuit glisse doucement sur Orléans. Des soldats contiennent la foule, repoussent les plus enhardis, afin de permettre à Jeanne de gagner une vaste demeure coiffée de pignons. A l'instant où la jeune fille met pied-à-terre, une femme du peuple s'élance, une enfant dans ses bras.

– Jeanne ! Bénissez-la, touchez-la !

D'instinct, la jeune Lorraine se recule et déclare, avec rage :

– Touchez-la vous-même, votre touché est aussi bon que le mien.

– Mais... vous êtes envoyée par Dieu ! s'étonne la mère.

– Comme tout le monde, corrige Jeanne.

Et puis, elle se détourne brusquement, pénètre dans la demeure, en claque la porte, suivie comme son ombre par Aulon et les autres soldats de sa suite.

Chapitre 14

Rien ne peut calmer son impatience. Elle marche, fait les cents pas dans le nouveau poste militaire de Dunois. Des chandelles de suif éclairent la pièce. Entouré de ses capitaines, le Bâtard d'Orléans entre et son visage s'illumine : il vient d'apercevoir, posé sur une table, la maquette de la ville. Il s'adresse à La Hire et à Rais.

– Laissez-moi vous montrer quelque chose...

Les hommes se serrent les uns contre les autres, abandonnant Jeanne à son sort, sans un geste pour elle. Seul Aulon a remarqué combien croissait son exaspération, face aux gens agglutinés sous les fenêtres.

– Jeanne, calmez-vous. Vous ne pouvez blâmer ces pauvres gens, ils ont entendu parler de vous depuis des semaines.

– Il n'y avait rien à entendre, rétorque Jeanne, je n'ai encore rien fait. Et pourquoi n'ai-je rien fait ?

Elle se tourne vers les capitaines et hurle :

– Parce qu'aucun de vous ne veut m'écouter !

Elle a crié cette dernière phrase. Alors Dunois et ses hommes la dévisagent gravement. Le Bâtard d'Orléans attend que l'écho de cette si jeune voix s'estompe et meurt enfin.

– Voulez-vous vous joindre à nous ? Nous sommes sur le point de discuter de notre campagne.

Jeanne retrouve le petit groupe, les yeux sombres. Désignant du doigt la maquette, Dunois poursuit un examen en règle de la situation. Elle n'est guère brillante...

— De là, Talbot a réparti ses troupes entre ces forts, ici, mais ces derniers jours, il semble, selon mes éclaireurs, que certaines ont été déployées de ce fort-ci, ce qui me fait penser que c'est de là qu'ils lanceront leur attaque.

Le fort de Saint-Loup, le petit fort de l'Est... Gilles de Rais n'est pas de cet avis...

— J'aurais pensé qu'ils attaqueraient de là, où se tient Talbot.

— J'en doute, affirme Dunois. De là, ils ne pourraient pas utiliser la rivière, alors qu'ici ils auront le courant pour eux.

La Hire a suivi l'explication du prince avec intérêt. D'un geste, il indique un morceau de la maquette.

— C'est quoi, cette grosse masse sombre ?

— Ce sont les Tourelles, poursuit Dunois. Les Anglais avaient prévu de lancer une attaque de cet endroit, mais nous avons démoli le pont, ce qui devrait les faire se tenir tranquilles quelque temps. Mon idée, c'est que l'attaque partira de Saint-Loup.

Une pause. Dunois a cessé de parler. Il se tourne vers Jeanne, silencieuse depuis plusieurs minutes et son appréhension est visible. Le maréchal de Rais parle à sa place.

— Et... qu'en pense Jeanne ?...

— Je ne pense pas. Je laisse ça à Dieu. Je ne suis rien dans tout cela, je suis juste le messager.

— Alors ?... Quel est le message ? rétorque brutalement Dunois.

— Nous offrons aux Anglais une dernière chance de retourner chez eux en paix. S'ils refusent, nous traverso ns à nouveau la rivière et nous les attaquerons ici, aux Tourelles.

La surprise se lit sur chaque visage. Seul Gilles de Rais sourit en dévoilant ses dents de loup. Dunois semble le plus stupéfait de tous.

74

– Jeanne, tout ceci n'a aucun sens. Les Tourelles sont, de fait, imprenables... En outre, si nous sommes de l'autre côté de la rivière en train d'attaquer les Tourelles, qui empêchera Talbot de prendre la ville par le nord ?

La réponse de Jeanne est immédiate :

– Dieu.

Gilles de Rais avance d'un pas et, toisant Jeanne :

– Dieu... Bien sûr, on l'avait oublié celui-là ! Bizarre, je ne me souviens pas l'avoir vu à Azincourt.

Le coup a porté. Cette sinistre défaite est dans toutes les mémoires. La fine fleur de la chevalerie française fut massacrée par les archers anglais. Avec son énergie brutale, La Hire approuve.

– Sacrément vrai !

– Oh, mais j'oubliais ! C'était un dimanche... Ça explique tout. Le jour de congé de Dieu, persifle Rais.

Le rire des hommes est général. Aulon et les deux pages attribués au service de Jeanne demeurent silencieux. Mais nul n'interrompt la jeune fille, quand, le visage fou, presque douloureux, elle scande :

– Vous savez, j'ai beaucoup de peine pour vous, parce que vous riez, maintenant, mais demain soir, certains d'entre vous seront morts et ils devront alors répéter leurs plaisanteries à la face de Dieu.

Dunois fait taire ses capitaines.

– Jeanne, avec tout mon respect, nous ne pouvons attaquer les Tourelles juste comme ça, c'est une affaire compliquée...

– Qu'a-t-elle de compliquée ? Tout ce que vous avez à faire, c'est de faire ce qu'on vous demande, peut-il y avoir plus simple ? Je suis le tambour sur lequel Dieu bat son message, frappant si fort, à m'en percer les oreilles, mais vous êtes si pleins de vos propres voix, que vous êtes sourds à la Sienne !

Ebranlé par tant de véhémence, touché par ces yeux qui brûlent de colère, Jean d'Aulon intervient une fois de plus.

– Jeanne, soyez patiente...

Le mot de trop....

– « Soyez patiente, soyez patiente »... est-ce le seul conseil que vous sachiez donner ? J'ai montré plus de patience qu'une douzaine de saints !

A son tour, Dunois tente de la calmer.

– Jeanne, vous devez comprendre, ce n'est pas facile pour nous, je veux dire pour notre fierté, de se voir soudain usurpés par, eh bien, avec tout le respect que je vous dois, par une... fille.

– Ah, c'est donc ça ! Pour vous, je ne suis qu'une fille...

– Jeanne, mettez-vous à ma place un instant. Qu'éprouveriez-vous si vous étiez moi ? interroge Dunois.

– Sachant ce que je sais ? Une profonde gratitude.

Elle ne laisse pas au premier capitaine du Royaume le temps d'ajouter une seule parole et, d'un pas martial, se dirige vers la porte. La Hire pousse Gilles de Rais du coude, et, tandis qu'elle arrive à sa hauteur, assène, goguenard :

– Une sacrée fille, hein ?

A toute volée, Jeanne lui lance son poing dans la figure.

– Je vous avais prévenu !

Elle est sortie, et la porte claque derrière elle. Les hommes sont figés de surprise et La Hire se frotte la joue. Gille de Rais s'adresse à son compagnon et murmure :

– Je l'adore vraiment quand elle s'échauffe !

– Moi aussi, avoue La Hire.

A nouveau, le silence hante la salle. Et puis, la porte s'ouvre et le duc d'Alençon, couvert de brocart et de velours, fait une entrée triomphale.

– Bonjour mes amis ! Quel voyage, mais nous l'avons fait ! A nouveau ensemble... Amusons-nous !

Le jeune prince sourit à la cantonade, se frotte les mains, remet en place sa dague et remarque enfin l'expression quelque peu ahurie de ses compagnons.

– J'ai raté quelque chose ?

Chapitre 15

Jeanne est dans sa chambre. Elle tire son épée, et le métal pleure d'un affreux grincement. On dirait qu'elle va tuer quelqu'un. La lame s'élève et puis s'abat. Une mèche brune tombe sur le sol.

– Alors si je suis une fille..

Une autre mèche est tranchée.

– Il faut ressembler à un homme pour chasser les Anglais ?

Encore une mèche...

– Bien... Alors je ressemblerai à un homme !

Aulon ne peut en supporter davantage. Il n'y a que les filles de rien, les prostituées déchues ou emprisonnées qui portent les cheveux courts ! Le jeune homme s'élance sur Jeanne, la saisit par la taille afin de lui faire lâcher son épée.

– Jeanne, arrêtez ! hurle l'écuyer.

– Comment osez-vous vous opposer à la volonté de Dieu !

Jeanne se débat avec acharnement. Aulon ne cède pas d'un pouce.

– Il ne vous a pas dit de couper tous vos cheveux... !

– Comment osez-vous me dicter ce que Dieu m'a dit de faire ?

– D'accord, mais comme il ne va pas descendre

pour vous les couper lui-même, laissez au moins quelqu'un le faire correctement.

Enfin, il parvient et non sans peine à lui retirer l'épée des mains.

– Raymond, apporte une paire de ciseaux! Louis, donne-moi ce miroir.

Les deux pages s'empressent, mais, lorsque le second page revient avec une glace ronde, Jeanne la lui arrache brutalement. L'enfant recule, effrayé...

– Jeanne, arrêtez de vous mettre en colère à tout propos!... Calmez-vous!

Jeanne dévisage l'écuyer, contemple un instant ces joues empourprées par tant de conviction ferme, ces yeux très bleus.

– Je suis calme. C'est Dieu qui est en colère. Je dois envoyer une lettre. Maintenant.

Dans le poste de commandement, Dunois lit et relit la lettre que Jean d'Aulon vient de lui apporter. Elle est toute pleine de la voix de Jeanne, qui retentit encore à ses oreilles :

– A vous, Henri, roi d'Angleterre, et à vous, duc de Bedford qui vous nommez régent de France, obéissez au roi des Cieux et abandonnez votre siège...

Dunois ne peut croire que ces lignes aient un sens. Il tend le parchemin au duc d'Alençon.

– ... rendez les clés des autres villes que vous avez prises, et retournez dans votre île...

Le prince partage la même stupéfaction et, machinalement, donne la lettre à La Hire.

– Et vous, seigneur Talbot, je vous supplie aussi humblement que je le peux, pour sauvegarder la vie de vos soldats, n'attirez pas sur vous votre propre destruction...

Avec un sifflet d'admiration, La Hire présente le parchemin à Gilles de Rais.

– Soumettez-vous à moi, Jeanne la Pucelle, qui suis envoyée ici par Dieu, et qui ferai la paix avec vous...

Gilles sourit, rend l'étrange missive à Jean d'Aulon. L'écuyer se tourne alors vers le Bâtard d'Orléans, dans l'attente d'une réponse. Celui-ci hoche la tête, en signe, assez vague d'ailleurs, d'acquiescement.

Dunois achève sa lecture. Aulon quitte la pièce. Dehors, il marche, seul, sur le pont de pierre brisé qui reliait autrefois la ville à la rive sud de la Loire. Aux deux tiers du chemin, le pont s'arrête, net, et laisse apercevoir un fossé béant entre Orléans et le fort des Tourelles. Les Anglais ne vont pas tarder à recevoir le message de la Pucelle. Celle qui poursuit sa déclaration par ces mots :

– ... mais si vous ne prêtez pas attention à mon avertissement, nous pousserons un cri de guerre tel que la France n'en a pas entendu depuis cent ans !

Alors, Jean d'Aulon saisit son arc, en bande la corde, ajuste une flèche où la lettre de Jeanne est déjà attachée, retient son souffle, vise et tire...

Avec un sifflement suraigu, le trait s'est fiché dans un madrier de bois, en plein centre du fort. Un soldat anglais, le visage recouvert d'une barbe rousse aux couleurs de flammes, l'arrache, jette un coup d'œil rapide, sourit, emprunte une échelle, descend le long d'un mur, rejoint la cour où des soldats coupent les branches d'un arbre fraîchement abattu. Barbe Rousse tend la missive à un capitaine. Glasdale lit :

– C'est la troisième et dernière fois que je vous écris...

L'officier poursuit tranquillement sa lecture, se tourne vers le soldat, murmure quelques mots à son oreille : sa réponse.

Jean d'Aulon, transi de froid, bat la semelle sur le pont détruit. Le vent semble lui faire parvenir comme un écho lointain, les derniers mots de Jeanne.

– Si vous êtes toujours là à midi, je vous préviens que vous entendrez parler de moi pour votre plus complet anéantissement. Merci de me donner promptement votre réponse.

Elle ne va pas tarder, en effet. Du fort des Tourelles, Barbe Rousse hurle :

– Allez vous faire foutre !

Jean doit prévenir Jeanne... Devant la porte close, il hésite un instant, puis l'ouvre. Sur la pointe des pieds, il entre, contemple la jeune fille, puis Louis, le petit page, qui s'est endormi en serrant les ciseaux sur sa poitrine. Aulon les lui retire doucement. A l'instant où il la pose sur la table voisine, Jeanne murmure dans son sommeil, ses yeux toujours fermés :

– Qu'ont-ils dit ?

– Euh... ils ont dit... qu'ils allaient réfléchir...

– Bien, ajoute Jeanne dans un souffle.

– Mais... pour être honnête... je ne pense pas qu'ils seront partis demain.

Épuisée, Jeanne s'est presque rendormie, ses mains croisées sur sa poitrine.

– J'ai hâte d'être à... demain...

Aulon s'est assis sur une chaise toute proche et il la regarde longuement. Elle a l'air d'être encore plus jeune. Et ses cheveux sont aussi courts que ceux d'un garçon...

Chapitre 16

Des coups de hache, le choc des épées, une masse d'armes qui s'abat et fracasse la visière d'un heaume, partout le sang qui coule des membres sectionnés. Au fort Saint-Loup, alors que se lève l'aurore, Anglais et Français s'entre-tuent. Quatre hommes, au cœur de la mêlée, se battent avec acharnement, ce sont Dunois, Alençon, La Hire et Gilles de Rais.

Dans sa chambre, Jeanne se réveille, se redresse brusquement, les yeux grands ouverts, fixes. Le jeune Aulon dort toujours, sur sa chaise. Alors, comme sortant d'un mauvais rêve, elle s'écrie :

– On fait couler le sang français !

Aussitôt, elle est debout, elle sangle son armure, enfile ses gants. Et Jean d'Aulon, à son tour, se réveille.

– Que se passe-t-il ?

– Ils ont commencé la bataille sans moi !

Et dans son empressement, elle fait basculer les deux pages sur le sol, sans ménagement...

– Pourquoi ne m'avez-vous pas réveillée ? ! Allez, dépêchons, Raymond, selle mon cheval, il y a une bataille à mener et une guerre à remporter.

Raymond, les yeux encore bouffis de sommeil, quitte la chambre précipitamment. Aulon prend sa place et aide Louis à fixer l'armure. Elle sort en courant, sans un mot de plus, sans un regard. Sa fébrilité est la leur : vite, le jeune page aide Aulon, arrime rivets de fer et lanière de cuir.

Dans la rue, elle court encore, jusqu'à son cheval, sellé, que Raymond tient par la bride. Jeanne l'enfourche et part au petit galop.

A l'instant de prendre son heaume, Jean d'Aulon s'aperçoit que la bannière blanche roulée autour de sa hampe gît, abandonnée contre le mur de la chambre...

Elle galope en direction du fort Saint-Loup et soudain... Elle tire sur les rênes, refait demi-tour en criant, aussi fort qu'elle le peut :

– Ma bannière, j'ai oublié ma bannière !

Aulon apparaît à la fenêtre de la demeure, la bannière en main.

– Jeanne... ici !

En contrebas de la maison, elle chevauche en cercle, exaspérée par ces instants perdus.

– Lancez-la !

Aulon lance ce qui est déjà le symbole de Jeanne. Elle l'attrape d'une main, tourne bride, s'élance au galop, et derrière elle flotte la bannière blanche.

Sur les remparts de la porte de l'Est, un garde voit l'armée française se replier en grand désordre. Cette retraite annonce-t-elle la défaite, la capitulation d'Orléans ? Le malheureux hurle :

– Ouvrez les portes !

Dans les rues de la ville, Jeanne ne cesse d'éperonner les flancs de sa monture. Les sabots du cheval martèlent les pavés de pierre lisses et propres...

...Tandis que les chevaux du roi de France s'enlisent dans la boue et les fondrières, sur la plaine de Saint-Loup, incapables de se frayer un chemin dans cette apocalypse.

Enfin, Jeanne atteint les portes de l'Est, qui s'ouvrent tandis que les troupes reviennent vers la ville. Elle reconnaît La Hire et Rais. Jeanne les interroge, avide de savoir.

– Que s'est-il passé ? Qui a donné l'ordre d'attaquer ?

– Dieu seul le sait, mais c'était une mauvaise idée, crache La Hire.

Jeanne s'adresse à Gilles.

– Les hommes s'étaient-ils confessés ? Où sont les prêtres ?

– Nous ne les avons pas emmenés... Nous voulions faire vite... Lancer une attaque-surprise, souffle Gilles de Rais, hors d'haleine.

A son tour, Dunois apparaît, fourbu, et son cheval est blanc d'écume. Jeanne l'assaille, le presse de nouvelles questions.

– Dunois... est-ce vous qui avez ordonné l'attaque ? Répondez-moi !

– Pouvons-nous... euh... en discuter plus tard ?

– Non ! Je n'ai pas le temps d'attendre !

Ses yeux agrandis, bouche ouverte, Jeanne lance son cheval au galop et charge au travers des rangs des soldats français, qui tous désormais battent en retraite. Cette fois, Dunois en est persuadé : elle est folle !

– Revenez, vous allez vous faire tuer !

Mais Jeanne ne l'écoute pas. Cela fait trop longtemps qu'elle attend cet instant et maintenant qu'il est à elle, il n'est pas de retour possible. De toute sa hauteur, elle se redresse sur ses étriers et crie :

– Suivez-moi et je vous donnerai la victoire !

La Hire est le premier à se reprendre, il chevauche derrière Jeanne, tandis qu'elle harangue les soldats désemparés, les poursuivant à cheval. Le duc d'Alençon les rejoint et, bientôt, toute l'armée, galvanisée par cette fille, fait un brusque demi-tour. Une immense marée humaine, pleine d'énergie et d'un nouveau courage roule à travers la vallée.

Les Anglais en sont stupéfaits. Il y a encore quelques minutes, l'armée du duc de Bedford et de Talbot poursuivait ces maudits Français. Tout a changé ! Un ange de la vengeance fonce sur eux, tandis que le soleil se reflète sur son armure, aveuglante de clarté. Panique générale ! Pris de peur, ils se replient en désordre vers leur propre base, la bastille Saint-Louis, une large forteresse, posée au centre d'un labyrinthe de tranchées et de tunnels.

Plus l'armée française semble se reconstituer, redevenir homogène, plus les troupes britanniques se brisent en morceaux, comme verre, dans un retentissant « chacun pour soi ! ». Chaque soldat ennemi est persuadé que Jeanne est une sorcière et, dans leurs rangs, la terreur se répand, plus sûrement qu'un cancer. Ils fuient vers leurs lignes, bientôt bombardés par leurs propres projectiles, qui n'atteignent plus les Français.

La tour Saint-Loup est la proie des flammes. Les Anglais sont forcés d'abandonner cette forteresse, dont il ne demeure plus bientôt que des débris fumants. La victoire est totale, la première de mémoire de Français. Les soldats du roi Charles entourent Jeanne, l'acclament. Cette fille qui n'a pas vingt ans est leur sauveur...

A quelques centaines de mètres, Dunois chevauche, entouré de ses capitaines. Il rejoint Jeanne, la salue profondément.

– C'est une grande victoire, Jeanne, votre victoire. Mais nous devons poursuivre et attaquer les Anglais jusqu'au camp de Talbot... à moins que vous n'ayez une autre bonne idée ?

Jeanne ferme un instant les yeux et sourit au Bâtard d'Orléans.

– Nous attaquons les Tourelles et nous rentrerons à Orléans par le pont.

– Mais le pont a été démoli, s'exclame Gilles de Rais.

– Les Anglais sont en train de le reconstruire.

– Comment le savez-vous ? lance Dunois.

Rien de plus simple pour cette fille de paysans ! Tandis que la jeune Lorraine marchait silencieusement dans la forêt, avec ses gens, elle a remarqué des centaines de souches fraîchement coupées... Mais elle garde son secret et se contente de répondre, laconique :

– Vous avez tenu votre conseil, j'ai tenu le mien.

Chapitre 17

Le camp des Tourelles. Peinant et jurant sous l'effort, des dizaines de soldats anglais transportent des troncs d'arbre de la cour vers le pont détruit. Un homme surveille l'opération avec satisfaction, Glasdale.

Sur le toit du fortin, Barbe Rousse et quelques-uns de ses compagnons aperçoivent soudain l'armée de Jeanne. Aussitôt, le géant barbu hèle le capitaine anglais.

– Glasdale ! On dirait que la putain française vient nous rendre une petite visite.

Jeanne, toujours en tête, galope. A ses côtés, fidèles comme des ombres, Dunois, La Hire, Alençon, Rais, Aulon et Xaintrailles. Sur un signe de la Pucelle, ils font halte devant les ruines d'un monastère, au sud des Tourelles. D'un ton qui n'admet pas la réplique, la jeune fille donne ses instructions.

– Positionnez les grands arcs ici, les arbalètes là, et placez les couleuvrines de Dijon de chaque côté de ces arbres...

– Le vent sera contre nous, remarque Dunois.

– Le vent sera avec nous, tranche Jeanne.

Puis, s'adressant aux autres capitaines :

– Faites comme j'ai dit.

Dans le fort anglais, massif, carré, entouré d'une

douve profonde et sèche, les soldats ennemis prennent position le long des remparts.

Jeanne chevauche en avant vers le bord de l'excavation et sa bannière ondoie au vent, se gonfle sous la brise d'hiver. Un morceau d'étoffe blanche qui porte l'image du Christ assis sur des nuages. Un ange peint tient entre ses mains une fleur de lys. Un autre adore Jésus. Les pieuses femmes de Chinon ont brodé et cousu les dessins exécutés à sa demande. Sa bannière est son symbole; avec elle, la jeune Lorraine se sent invincible... Alors, elle s'adresse à ses ennemis :

– Glasdale, vous m'entendez? Vous qui m'avez appelée une putain, j'ai pitié de votre âme et de celle de vos hommes. Soumettez-vous maintenant au roi des Cieux, et retournez dans votre île...

– Et toi, retourne en enfer! vocifère le capitaine.

Jeanne, sans se troubler, fait demi-tour et revient au galop de son cheval vers les siens. Glasdale regarde Barbe Rousse et ajoute froidement :

– Ne la tuez pas avant que j'aie eu tout mon content avec elle.

Puis il s'éloigne, avec un visage de dogue prêt à mordre.

Pendant ce temps, les Français ont établi un poste de commandement de fortune. Dunois dessine une carte à même le sol, dans la poussière. Il prépare son plan d'attaque, entouré de ses fidèles lieutenants.

– Préparons cette bataille un peu plus soigneusement que celle de ce matin...

– Bonne idée, confirme Gilles de Rais, avec une ironie de grand seigneur.

La voix de Jeanne, rauque, retentit plus loin...

– Mes braves soldats!...

Dunois lève la tête, se retourne et regarde Jeanne. Elle se tient face à l'armée réunie et silencieuse.

– Ce matin, Dieu nous a donné notre première victoire, mais ce n'était rien en comparaison de ce qu'il va nous donner maintenant. Je sais que vous êtes fatigués et affamés, mais je vous jure, au nom du roi des Cieux, que même si ces Anglais étaient suspendus aux nuages par les ongles, nous les en arracherions avant la tombée de la nuit... Que ceux qui m'aiment me suivent !

Un cri unanime sort de milliers de poitrines. Dunois, figé par la stupeur, demeure sans voix. Gilles de Rais pose sur son épaule une main compatissante... Et ajoute :

– Vous disiez ?

C'est le signal de la bataille... Sans relâche, Jeanne galope à bride abattue vers la douve asséchée. L'air est saturé de poussière. Chaque vague grimpe successivement à l'assaut du fortin. Et à chaque fois, les hommes subissent le feu nourri des Britanniques, pluie d'acier, qui semble inexorable. Mais les Français y répondent avec une égale ferveur. Les couleuvrines déployées par Jeanne font merveille et répandent sur les Anglais une avalanche de boulets et de flèches acérées. Tant et tant que le ciel en paraît obscurci.

Jeanne vient d'atteindre la base de la batterie ennemie. Elle saute de cheval et, se ruant sur l'une des échelles posée contre le mur, commence à la gravir... Soudain, elle sent une vive douleur au niveau du sein. Elle chancelle, l'échelle oscille dangereusement, et Aulon n'a que le temps d'ouvrir les bras pour la recevoir évanouie.

Barbe Rousse, feignant la colère, explose :

– Eh, vous venez de tuer ma bonne femme !

Les Anglais s'esclaffent, injurient Jeanne. Dans les rangs adverses, c'est la consternation. Certains soldats de France, à genoux, entourent la jeune Lorraine, toujours inconsciente, couchée entre les bras de Jean d'Aulon, une flèche profondément fichée dans sa poitrine.

Chapitre 18

Jean, La Hire et Xaintrailles portent la Pucelle jusqu'au monastère voisin. Raymond et Louis, les deux pages, suivent la marche avec une anxiété qui assombrit leur jeune visage.

Tous pénètrent dans le sanctuaire en ruine de Saint-Augustin. Les boulets ont fauché les arches gothiques. Aulon dépose tendrement Jeanne contre un mur. Dans le lointain, le bruit assourdi de la bataille tranche avec l'étrange sérénité des lieux. Les capitaines, les seigneurs de guerre se tordent les mains de désespoir. Et sur les joues balafrées de La Hire coulent des larmes de détresse. Jean d'Aulon essuie délicatement le front de la jeune fille, se penche sur elle, le plus près de son visage, afin de voir si de ses lèvres s'échappe un souffle. Peut-être que le pouls bat toujours ? Il se tourne vers Raymond, qui se tient près de Louis. Son ordre claque :

– Va chercher le médecin... je l'ai aperçu avec les renforts.

L'enfant file à toute allure.

– Nous devons retirer la flèche maintenant, supplie Rais.

– Elle est plantée si profondément... j'ai peur qu'elle ne saigne à mort si nous la retirons, déclare Aulon.

– Il doit bien y avoir quelque chose que nous pouvons faire pour elle, par le Christ ! s'emporte La Hire.

– Oui. Nous pouvons prier, ajoute Gilles, sur un ton violemment sarcastique.

– Bonne idée, murmure La Hire.

Aussitôt, il se tourne vers l'autel et, à haute voix, afin d'être entendu de tous, s'adresse à l'image du Christ, qu'un vitrail brisé représente encore.

– Je promets de ne plus jurer de toute ma vie si vous épargnez sa vie ! Mais je vous préviens, si vous la laissez mourir, alors vous êtes le plus grand...

– Ne jurez pas...

Elle vient de remuer les paupières, a entrouvert ses yeux. Jeanne est vivante...

– Il m'a entendu, s'extasie La Hire.

– Jeanne... nous pensions vous avoir perdue ! pleure Aulon.

– Pas si... facilement. Pourquoi n'êtes-vous pas au combat ?... Allez-y, on y est presque...

Jean d'Aulon tente d'apaiser la jeune fille.

– Jeanne, vous avez été sérieusement blessée...

– Non, c'est... ce n'est rien... c'est...

Parler lui est devenu insupportable. Chaque mot lui arrache une nouvelle douleur. Sa main agrippe la flèche. Aulon la retient, écarte la chemise, dévoile la blessure, maculée de sang, sur la poitrine si pâle.

– C'est une flèche, et c'est profond, précise Gilles de Rais.

Aulon masse les tempes de la jeune Lorraine.

– Vous devez rester tranquille jusqu'à l'arrivée du médecin.

La Hire proteste, tempête.

– Les médecins sont une perte de temps. Vous auriez plus de chance avec mon amulette... elle m'a sauvé la vie à Azincourt.

– Plutôt mourir que de recourir à la magie.

Aulon insiste encore et la soudaine pâleur de la blessée inquiète le jeune écuyer.

– Jeanne, vous allez mourir si vous gardez cette flèche plus longtemps.

Alors, elle saisit la flèche, l'arrache de son corps.

Le sang gicle. Nul n'a bougé. Son geste, si rapide, si violent, a pris les hommes de surprise et personne n'a eu le temps de réagir. Il faut quelques secondes à Aulon pour reprendre ses esprits et endiguer le flot de sang de ses mains. Jeanne regarde le dard et le jette de côté...

– Au moins, celui-ci ne nous embêtera plus. Maintenant, retournons au combat !

Elle essaie de se lever, s'effondre et, dans un ultime effort, attrape les bras d'Aulon.

L'écuyer est au bord des larmes.

– Jeanne... je vous en supplie... vous devez rester calme... vous devez prendre du repos... je vous en prie...

Il la recouche sur le sol, ses épaules appuyées sur le mur sali de salpêtre. Jeanne lui murmure à l'oreille :

– D'accord... je promets de me reposer... si vous retournez au combat.

– Je le promets.

Jeanne sourit à son ami. Et s'évanouit.

– Oh merde ! Jeanne... ne mourez pas !

La Hire est sur le point de parler encore, de s'en prendre à tous les saints du paradis, quand, enfin, le médecin arrive.

– Vite... faites quelque chose ! lui lance Aulon.

L'homme, vêtu de noir, s'agenouille près de la blessée, attentif au moindre signe de vie, au moindre souffle. Tous les capitaines l'imitent comme un seul homme, de plus en plus près, à la toucher. Alors, ils entendent une profonde respiration, presque... un ronflement !

Le médecin sourit, rassuré.

– Elle dort. Comme un bébé.

La Hire et ses compagnons soupirent de contentement. Jean d'Aulon, furtivement, se signe...

Dunois, le visage noirci de poussière, brillant de sueur, contemple son armée qui s'acharne à prendre les Tourelles. Le crépuscule assombrit la plaine. Sans la présence de Jeanne, l'enthousiasme des troupes s'est volatilisé comme neige au printemps. Le prince se tourne vers un trompette. Et Jean d'Aulon arrive en courant.

– Jeanne est vivante.

– Bien, répond Dunois, glacial.

– Il nous faut forcer l'attaque !

– Sonnez la retraite ! déclare le Bâtard d'Orléans.

Jean d'Aulon saisit les mains de Dunois, le force à l'entendre

– Mais j'ai promis à Jeanne que nous allions poursuivre le combat !

– Je n'ai pas fait une telle promesse. Sonnez la retraite pour la nuit, assène Dunois.

– Mais c'était son ordre ! hurle Aulon.

La colère du Bâtard d'Orléans ne connaît plus de bornes. Toisant le jeune écuyer, il éructe littéralement :

– J'en ai plein le dos de recevoir ses ordres. Elle a juré qu'elle allait soumettre les Anglais avant la nuit, au lieu de quoi elle fait l'idiote et se fait presque tuer ! Voyez dans quel pétrin nous sommes ! C'est son pétrin, pas le mien !... Nous sommes dans une situation bien pire que si elle n'était jamais venue...

Puis s'adressant au trompette, qui n'a pas bougé d'un pouce :

– ... maintenant, faites ce que je vous dis et sonnez la retraite.

Le son du cor annonce la fin de la bataille et la tombée de la nuit. Du haut de leurs remparts de pierres et de bois, les Anglais huent les troupes françaises qui, sous les sifflets, se retirent des pentes de la douve asséchée.

Dans les ruines du monastère Saint-Augustin, Jeanne dort, veillée par Raymond et Louis, ses deux pages. Non loin d'elle, brûle un petit feu d'écorces, dont la faible chaleur ne parvient pas à la réchauffer. La jeune fille frissonne, gémit dans son sommeil, et sa fièvre la fait parvenir au seuil du cauchemar. Elle se voit se lever, se diriger vers le feu. Est-ce illusion, est-ce réalité ? Elle s'agenouille, plonge ses mains sous la braise, ramasse une pleine poignée de cendres, s'en couvre le visage comme le ferait un guerrier sauvage, et se redresse enfin pour faire face à une petite armée...

— Mes braves soldats, croyez-vous en Dieu ?

La troupe hurle, à l'unisson :

— Ouiiii !

— Alors laissons le châtiment s'accomplir : œil pour œil...

Soudain, un éclair de lumière transforme quelques hommes en squelettes.

— Dent pour dent !

Un autre éclair, aussi vif que le précédent.

— Le feu pour le feu !

Encore un éclair...

— La vie pour la vie !

Les trois derniers éclairs ont métamorphosé le reste des hommes en squelettes. Passant de chaque côté de la jeune fille, le groupe de spectres se rue vers un pont étrange, poussant un cri de vengeance. L'armée des ombres monte à l'assaut d'une batterie éclairée par la lune et se dirige vers le petit garçon de huit ans, identique à celui aperçu dans la forêt de Domrémy, alors que Jeanne n'était qu'une enfant. Intriguée, la Pucelle le suit, tente de le rejoindre. En vain : il vient de disparaître. Les squelettes se sont également volatilisés. A leur place, une armée de garçonnets anglais en armures. Tous désormais se dirigent vers une lointaine silhouette.

Les petits soldats sont accueillis par un homme à la fascinante beauté, pareil à celui que Jeanne avait vu en Lorraine. Il lui sourit, lui tend ses bras, afin de l'étreindre, comme le Christ.

Confiante, Jeanne s'approche de lui. Et d'autres fantômes émergent alors, Aulon, Dunois, Alençon, enfin La Hire. Tous lui tendent également leurs bras.

— Jeanne, venez ici mon amie, mon soldat... dans mes bras, annonce La Hire.

Elle disparaîtrait presque dans les bras du capitaine, aussi puissants que les pattes d'un ours, et La Hire la fait tourner, tourner... Alors, brusquement, elle remarque au-dessus de son épaule une silhouette familière et chère à son cœur...

– Catherine ?

Jeanne se détache des bras de La Hire et court vers sa sœur, l'enlace et sanglote de joie.

– Catherine... oh ! Catherine, je savais que tu ne m'abandonnerais pas !

Toutes deux se tiennent ainsi, enlacées. Tandis que les capitaines acclament la victoire de Jeanne. Le beau jeune homme s'approche d'elles. Il tient une épée, dissimulée derrière lui.

Soudain, le visage de Catherine se tord de douleur. Elle s'affaisse, le dos traversé par la lame. Jeanne hurle : le jeune homme à l'étonnante beauté s'est transformé en ce grotesque soldat à la barbe noire, qui rugit de rire comme un fauve, alors que Jeanne soutient sa sœur à l'agonie.

– Venge-moi... venge-moi, murmure Catherine.

Un cercle de feu les environne, et les squelettes dansent parmi les flammes.

L'écho du rire de Barbe Noire se double d'un autre, plus réel, et d'une voix familière à Jeanne. Celle de Barbe Rousse, le géant anglais.

– Eh... Les Français... qu'est-il arrivé à votre petite vierge ?

Dans la chapelle, Jeanne s'est réveillée en sursaut. Tendue, elle écoute les insultes de son ennemi :

– Je vais vous dire ce qui est arrivé... Nous l'avons renvoyée aux enfers pour qu'elle puisse baiser avec le diable !

Désormais debout, la jeune fille caresse l'encolure de son cheval, tandis que Barbe Rousse poursuit ses invectives...

– Vous allez faire quoi, les Français ? Pourquoi ne venez-vous pas combattre ? Êtes-vous trop occupés à prier qu'on ramène votre sorcière d'entre les morts ? Vous m'entendez ?

C'est alors qu'à cheval, au triple galop, Jeanne émerge de la brume, brandissant fermement sa bannière.

– Je t'entends ! Puisse Dieu te pardonner... moi, je ne le ferai pas !

Elle tourne bride et s'enfonce dans le brouillard laiteux.

Barbe Rousse en cligne les yeux de stupéfaction. Et s'adressant à un soldat :

– Va réveiller Glasdale.

Dans le camp français, tout sommeille encore. Jeanne, à cheval, passe au pas et regarde autour d'elle les rangées de soldats endormis...

– Allez, réveillez-vous ! Sonnez la trompette et prenez vos chevaux !

Hébétés, les hommes s'arrachent péniblement à leurs couches de paille. Dunois sort de sa tente, torse nu, les yeux vides.

– Que se passe-t-il ?

– Nous reprenons les Tourelles, lui lance Jeanne.

Glasdale dort encore quand un soldat le secoue vigoureusement.

– Que se passe-t-il ? maugrée-t-il d'une voix pâteuse.

– Monseigneur... la sorcière française est ressuscitée.

– Personne ne ressuscite.

Le capitaine anglais n'a que le temps de se précipiter hors de son lit.

Chapitre 19

Les hommes du roi Charles poussent une énorme tour de siège vers la douve asséchée. Les encourageant du geste et de la parole, Jeanne ne ménage pas sa peine. Apercevant Jean d'Aulon, elle chevauche vers lui.

– Faites monter les hommes à cheval, prêts à suivre...

Aulon obéit, s'éloigne, lorsque Dunois se précipite vers elle.

– Jeanne, que faites-vous avec ça ? Vous positionnez cette tour à l'envers...

– Je sais ce que je fais, alors prêtez-nous main-forte ou retournez vous coucher !

Barbe Rousse regarde avec un effarement croissant la lourde machine de guerre qui se matérialise à travers la brume.

– A quoi Diable est-elle en train de jouer ?

Glasdale, à son tour, du haut du fort des Tourelles, jette un œil à travers la fenêtre, et, perplexe, s'adresse à un archer, posté à ses côtés.

– Stupide chienne... Elle ne sait même pas s'en servir...

Les Français roulent la tour de siège vers une margelle en bois au-dessus de la douve. A l'autre extrémité, le pont-levis ferme la forteresse. Soudain, l'expression suffisante qui éclairait la trogne de

Barbe Rousse fait place à une crainte réelle. Le géant a compris.

– Oh merde...

D'instinct, il recule, alors que la machine atteint la margelle. Soudain, de tout son poids, elle bascule en avant, s'écroule sur le pont-levis dressé et l'écrase sous son poids gigantesque.

A Aulon est revenu l'honneur de conduire la première charge de la cavalerie française. Statufié d'horreur à sa fenêtre, le capitaine Glasdale observe le carnage. Sur le pont que forme désormais la tour de siège couchée, les soldats du roi Charles vont bientôt prendre la batterie !

Glasdale hurle un ordre :

– Relevez le pont-levis !

L'archer, placé à ses côtés, répercute les mots du capitaine. Une chaîne de messagers les transmet jusqu'à un homme qui, courbé en deux, se met avec la rapidité de l'éclair à tourner une manivelle.

Rien ne peut briser l'élan des Français. La batterie est prise. Barbe Rousse et ses soldats s'enfuient en débandade, se ruent vers le pont-levis qui les relie aux Tourelles. Le franchir avant qu'il ne se ferme demeure leur seul espoir. Le géant supplie, crie :

– Attendez-moi !

Le pont-levis est bientôt redressé. Barbe Rousse, hors d'haleine, est le premier à l'atteindre. D'un saut désespéré, il parvient à en saisir le bord et à se hisser dessus.

Il roule sur le bois à l'autre extrémité et atteint finalement le salut, les Tourelles.

Ses camarades ont moins de chance... Les soldats français les taillent en pièces, les piétinent sous les sabots de leurs chevaux.

Jeanne, sans donner un instant de répit à ses ennemis, presse ses troupes toujours plus en avant, et sa bannière blanche se gonfle sous le vent. Maintenant que le pont-levis est dressé, comment pénétrer dans la forteresse des Tourelles ? Les Anglais, sûrs d'eux, lancent de nouvelles injures. Pierres, huile bouillante, flèches tombent sur les têtes françaises. Les soldats sont contraints de se mettre à l'abri.

Jeanne n'a pas perdu de temps. Elle galope vers une ferme en ruine. Là, plusieurs cartes d'état-major sont empilées sur des tréteaux soutenus par des troncs d'arbres. Soudain, elle aperçoit La Hire.

Lui désignant les madriers, elle lance :

– Faites-en des béliers !

– Pour quoi faire ? Le pont-levis est dressé !

– Pas pour longtemps.

Sous une pluie de flèches anglaises, Jeanne rejoint une autre maison, dont il ne reste que les murs. Mettant pied-à-terre, elle s'adresse au fidèle Jean d'Aulon.

– Le roi a dit que vous étiez son meilleur archer...

– Eh bien..., balbutie le jeune homme.

– Venez avec moi...

Jeanne le conduit fermement vers l'autre extrémité de la maison détruite, là où une fenêtre surplombe la douve remplie d'eau, qui sépare la batterie des Tourelles.

– Vous voyez ces poutres de bois ?

D'un geste, elle indique les lourds madriers qui soutiennent les chaînes du pont-levis.

– Je veux que vous y mettiez le feu !

A l'intérieur du fort anglais, Glasdale suit comme un chasseur les évolutions de Jeanne, sans jamais la perdre des yeux. La voyant revenir en courant vers la batterie, il s'approche de son archer et la lui désigne d'un geste.

– Tuez-la !

Jeanne vient de quitter la maison en ruine, tombe sur Alençon et Rais. Elle est sur l'instant de leur parler. Soudain, Gilles repère l'archer anglais, en train de la viser. Jeanne, qui n'a rien vu, continue de donner ses ordres :

– Gilles, prenez les couleuvrines de Dijon et placez-les ici.

Tout va très vite. Jeanne lui tourne le dos, proie idéale. L'archer tire, Gilles de Rais lève son bouclier et la flèche se plante dans le bras du jeune homme. Jeanne se retourne alors. Elle ignore qu'il vient de lui sauver la vie.

– C'est clair ?

– Parfaitement, répond-il, le bouclier toujours en main.

Gilles se met en route, sans broncher. Alençon demeure seul, un peu gêné.

– Et moi... Que puis-je faire ?

– Hum... Rassemblez les chevaux et tenez-les à l'abri...

– Bonne idée, lance le duc, manifestement soulagé.

Jeanne reprend sa course, abandonnant Alençon à sa tâche.

Un coup sourd. Une flèche enflammée frappe les poutres du pont-levis. Une fois de plus, Jean d'Aulon n'a pas raté sa cible.

Un soldat anglais a vu le danger. Le bois ne sera bientôt plus que cendre, et alors...

– Allez chercher de l'eau ! s'écrie-t-il.

L'ordre passe de bouche en bouche. Un seau est descendu immédiatement dans la rivière voisine, puis remonté à la hâte, porté précipitamment en haut des marches de pierre, sur les remparts, jusqu'au soldat.

Jeanne est auprès de Dunois et de La Hire.

– Tenez-vous prêts avec les béliers...

Dunois hoche la tête, l'air sombre :

– Il nous faut encore dix minutes.

– Le pont ne peut attendre !

– Laissez-moi faire, affirme La Hire.

Dans le fort anglais, le soldat empoigne le seau. Il tente de le verser d'un trait sur les poutres qui commencent à brûler. Tout serait donc à refaire pour les Français ? Mais Aulon l'a repéré et lui décoche une flèche enflammée. L'homme s'écroule, transpercé, reversant l'eau sur lui.

Dernière solution pour les Britanniques : descendre la herse. Des mains saisissent une manivelle et la lourde grille coulisse sur le côté.

Il n'était que temps ! Les poutres s'effondrent dans une gerbe d'étincelles, la chaîne de soutien se rompt et le pont-levis des Tourelles s'affaisse. Dernier frein pour les Français : la herse. Elle ne sera pas un obstacle pour La Hire ! Le capitaine et ses hommes chargent, lui toujours en premier. Tous portent des seaux d'huile enflammée...

Les militaires se précipitent sur le pont-levis... Et reçoivent une volée de flèches, tirées à grande vitesse par les basses ouvertures ménagées à travers la herse, avant même qu'ils n'aient pu atteindre le milieu du pont.

Le carnage est atroce. De véritables torches humaines se tordent de douleur, roulent dans l'huile en flammes. Sous les insultes des Anglais et de Barbe Rousse qui vient de donner l'ordre de faire recharger les balistes. Imitant ses soldats, il hurle :

– Eh, qu'est-il arrivé à la putain ? Pardon... la vierge !

Le Bâtard d'Orléans contemple ses hommes massacrés qui gisent sur le pont de bois, inertes, alors que les flammes agonisent. Il aperçoit Jeanne, prête à monter à cheval...

– Envoyez-la nous et elle ne restera pas vierge longtemps !

Dunois n'a que le temps de se tourner vers la jeune fille :

– Jeanne, non ! Arrêtez et réfléchissez pour une fois ! Vous ne voyez pas ? La porte est un piège... et il est l'appât !

S'adressant à son ennemi, la Pucelle lui crie :

– Je prends pitié de ton âme, l'Anglais !

Barge Rousse en rugit de rire...

Et continue de surveiller ses hommes alors qu'ils rechargent la baliste.

– Quel est le problème ? Tu as peur d'être farcie par les Anglais ?

De ses bras, avec une infinie tendresse, Jeanne entoure le cou de son cheval, flatte ses joues et lui murmure :

– Il va nous falloir être courageux tous les deux...

Elle l'embrasse encore. Puis, Louis lui tend sa bannière. Elle la saisit et s'adresse aux capitaines et aux soldats français :

– Quand vous verrez ma bannière toucher la porte, alors la forteresse sera à vous !

Et elle s'éloigne au galop, traverse le pont, jonché des hommes tombés lors du premier assaut.

– ... et... feu ! hurle Barbe Rousse.

Une volée de flèches ! Le cheval de Jeanne s'effondre, mortellement blessé. Violemment, les Anglais poussent des hourras...

Du haut de sa fenêtre mansardée, Glasdale, qui a tout vu, savoure la scène. Il ne se lasse pas de voir Jeanne étendue près de sa monture, inerte. Il s'adresse à son serviteur, sourit :

– Cette fois, elle ne reviendra pas.

Aulon, bouche bée, est figé par l'horreur. Quand, soudain, la jeune Lorraine est à nouveau sur pieds. Bannière en main, elle se précipite vers la herse, l'atteint, alors que Barbe Rousse coulisse un petit loquet. Et Jeanne enfonce la bannière à travers l'orifice. Un hurlement...

Barbe Rousse a reçu la hampe en plein crâne. Il s'effondre lourdement, mais demeure coincé entre le bas de la herse et la baliste.

Profitant de la stupeur générale, Jeanne revient en courant sur le pont de bois et crie, à pleins poumons :

– Nous tenons la place !

Chapitre 20

A l'intérieur du fort anglais, c'est la panique ! Les soldats essaient désespérément de manœuvrer la machine de guerre. Le corps du géant roux les en empêche.

Et Jeanne n'a que le temps de se reculer. La Hire et les siens déchargent sur le pont de pleines charrettes contenant les béliers, d'énormes troncs d'arbre.

Glasdale en a assez vu.

Il se rue dans la cour, rassemble ses hommes en toute hâte et hurle :

– Aux armes, aux armes !

Le rugissement des Français lui parvient en écho, triomphal cri de guerre, alors que tous chargent avec les béliers vers la herse...

Elle tombe, broyée, en miettes. Les soldats du roi Charles foncent vers la forteresse. Glasdale harangue encore ses troupes :

– Soldats... Au nom du roi, je veux que vous tuiez ces chiens de Français jusqu'à ce qu'il n'en reste plus un !

Les troupes anglaises, massées de chaque côté de la herse éventrée, trouvent l'énergie de faire encore reculer leurs ennemis vers la batterie.

C'est compter sans La Hire ! Il éructe un cri de guerre, à glacer le sang des plus endurcis, et charge. Jeanne, ballottée, submergée, prise de tous les côtés, semble sombrer dans une mer d'hommes, en sueur et en sang.

Qui, dans cette indescriptible mêlée, dans ce brouillard de poussière et de bruit, peut reconnaître l'ennemi de l'ami ?

Un soleil intense, aveuglant ! Au milieu de la batterie, la fille de Lorraine, seule, et qui agite son épée, à grands moulinets, comme elle le faisait, enfant, avec un bâton... Étrange rêve, illusion fugace...

Jeanne fend l'air de son épée. Mais elle a huit ans. Elle joue dans un champ de son village. Et le petit garçon la regarde.

Jeanne continue de jouer. Elle a dix-sept ans et le garçonnet est devenu un homme, il lui sourit toujours, il l'appelle :

– Jeanne... Que fais-tu ?

– Je joue...

Et en effet, elle abat son épée, décapite une fleur. Et le sang gicle de la tige coupée. Jeanne voit et, sur son visage, on lit une curiosité d'enfant, plus que de l'horreur. Elle fixe le tranchant de son épée. La lame est désormais trempée de sang...

– Jeanne... Que fais-tu ? interroge une seconde fois le jeune homme.

Jeanne s'arrête, le regarde calmement et s'aperçoit que du sang goutte de son visage. Un éclair de lumière, le vent qui se lève, un vent annonçant l'hiver, les arbres nus, recouverts de neige...

– Que m'as-tu fait, Jeanne ? demande une fois encore le jeune homme.

Jeanne est horrifiée. Le mystérieux jeune homme pose ses mains sur le visage de la Lorraine, la fixe profondément, plante ses yeux dans les siens...

– Que m'as-tu fait ?

– Je... Je... Je...

Jeanne vient de hurler. Aulon serre son visage maculé de sang, ainsi que le jeune homme le faisait tout à l'heure.

– Jeanne, calmez-vous, vous m'entendez ? Allez-vous bien ?

– Oui...

– C'est fini, Jeanne. Nous avons gagné, comme vous l'aviez dit !

Abasourdie, la jeune fille regarde autour d'elle. La Hire s'avance à grands pas, se précipite, excessif, les bras ouverts.

– Jeanne, venez ici, mon amie, mon soldat... dans mes bras !

Son rêve ne l'a donc pas trompée ! La jeune fille se met à rire, elle ne peut croire encore à tant de joie.

– Nous avons... gagné ?

– Gagné ? Un si petit mot ne fait pas l'affaire, c'est... une gloire !

La Hire la prend dans ses bras, dans ses pattes d'ours. Tous les deux rient et rient encore... Le capitaine la fait tourner, aspirant une gorgée d'air avec délices, l'odeur de ce que Jeanne aperçoit maintenant par-dessus l'épaule du capitaine, l'odeur atroce des cadavres, des corps, des membres déchiquetés, qui remplissent la cour, et dans lesquels elle enfonce jusqu'aux genoux. Parmi eux, Xaintrailles, si charmant, si jeune, mort lui aussi.

Jeanne respire l'odeur du sang frais et chaud et son rire se mue en un cri d'angoisse. Aussitôt, La Hire, désemparé, la repose à terre.

– Jeanne, qu'y a-t-il ?

La malheureuse est horrifiée, ses jambes vacillent, tandis qu'un liquide ambré glisse le long de sa cuirasse...

– Vous appelez ça... une gloire ?... tout ce... ce sang... cette odeur de...

– L'odeur de la victoire, Jeanne ! Mmmmmm ! Je l'adore !

– Ce n'est pas possible !

Elle vient de remarquer un soldat français, obscur, presque pauvre d'esprit, qui hisse un Anglais agonisant sur ses genoux. Mais dans quel but ?

– Vous avez l'air déçue ?... Ce n'est pas ce que vous vouliez ? demande Gilles de Rais.

– Non... pas comme ça...

– Durant des semaines, c'est ce que vous avez demandé... maintenant, vous l'avez! insiste Gilles.

De dégoût, Jeanne tourne la tête. C'est alors qu'elle voit, qu'elle devine la scène hallucinante qui va se dérouler devant elle. Le soldat français est sur le point de fracasser la bouche de l'Anglais avec une masse d'armes. Jeanne sort de sa torpeur, se précipite, trébuche sur les corps, manque de tomber...

– Arrêtez! Que faites-vous?

– Rien... je lui prends juste ses dents.

– Mais vous ne pouvez pas tuer un homme uniquement pour ses dents!

– Pourquoi pas? Il a de bonnes dents...

Jeanne est au bord des larmes... ou de la furie...

– Parce que... parce que vous ne le pouvez pas!

– Œil pour œil, dent pour dent, murmure Gilles de Rais, laconique.

Jeanne l'ignore.

– En plus, et ceux-là?... reprend le soldat, désignant d'autres cadavres emmêlés.

– C'est différent... je veux dire... nous combattions pour une... pour une cause!

Gilles se contente de sourire. La Hire est stupéfait de ce qu'il entend. Peu impressionné par cette soudaine harangue, le soldat hausse les épaules, se gratte le crâne.

– Pas moi. C'est mon prisonnier... Je peux lui prendre ses dents si je veux...

Alors tranquillement, il retourne à sa besogne, lève son arme, vise la bouche du malheureux anglais qui gémit sourdement.

– Non! hurle Jeanne.

Elle vient de se jeter aux pieds du Français médusé.

– Prenez les miennes à la place... là... arrachez les miennes!

– Jeanne... relevez-vous... c'est ridicule, assène La Hire.

– Si vous le tuez, vous me tuez !

– Jeanne, laissez-le faire. Un cadavre de plus ne va faire aucune différence, alors qui s'en soucie ? proteste Rais.

– Moi ! Et je m'en soucie parce que Dieu s'en soucie ! Toute vie est précieuse aux yeux de Dieu, même la sienne, même la vôtre et la mienne.

– Jeanne, cet homme n'a pas été payé depuis six mois, c'est sa seule récompense. Laissez-lui prendre quelques dents..., tempère La Hire.

– Quelques dents... C'est le prix de sa vie ?

– Ouais, scande le soldat.

Jeanne arrache une bague de son doigt, la lui lance.

– Tenez, prenez plutôt ça.

Et désignant l'homme, encore à terre :

– Il est à moi maintenant.

Elle tranche les liens du prisonnier, s'adresse à lui vivement.

– Maintenant, vous... allez-vous-en.

Le soldat anglais ne se le fait pas dire deux fois. Avec une lenteur calculée, Gilles de Rais applaudit.

– Bravo ! Et que fait-on des autres centaines de prisonniers ? On les laisse partir aussi ?

– Peut-être... je ne sais pas... tout d'abord, nous devons nous confesser...

Elle a entraîné les capitaines maculés de sang dans l'église voisine, jusqu'à l'autel jonché de gravats et de décombres. Et là, un prêtre franciscain se terre, pétrifié de peur. Sans lui laisser le temps de reprendre ses esprits, la jeune guerrière l'agrippe par sa robe de bure.

– S'il vous plaît... nous devons nous confesser... nous tous... maintenant ! Je sais que ce n'est pas la règle habituelle, mais quelquefois... vous savez... nous devons faire une exception et... aujourd'hui est une exception...

Le prêtre la regarde, hébété. Jeanne s'adresse aux hommes de guerre :

– Il va nous confesser. Agenouillez-vous !

Tous s'exécutent. Malgré la raideur de leurs armures qui grincent à chaque articulation, dans un bruit de vis rouillée, ils s'agenouillent. Tous, sauf un, La Hire.

– Jeanne, si vous n'y voyiez pas d'inconvénient... je resterais debout... cette armure... c'est un cauchemar pour l'enlever.

– J'ai dit à genoux !

Alors elle lève son épée, en abat le plat de la lame sur l'arrière des jambes de La Hire, qui s'effondre, sous le regard moqueur de Gilles ! Puis Jeanne, comme si de rien n'était, se tourne vers le prêtre :

– S'il vous plaît... nous sommes prêts... commençons !

Totalement désemparé, perdu, à bout de force, l'homme de Dieu commence à bégayer quelques prières en latin. A cet instant, un soldat, essoufflé, fait irruption dans les ruines de l'église.

– Les Anglais... Ils se reforment... des milliers d'entre eux... sur la rive opposée de la rivière...

Sans chercher à dissimuler leur anxiété, les capitaines regardent Jeanne. La jeune fille hésite quelques secondes, contemple le crucifix bosselé qui surplombe l'autel et, fermant les yeux, adresse au ciel une prière...

Chapitre 21

Jeanne ouvre les yeux. C'est l'aurore. En ce dimanche 8 mai, deux armées silencieuses sont prêtes à s'affronter dans un combat à mort. Quatre mille Anglais, massés sur la gauche. Face à deux mille Français stationnés sur la droite. Nul n'a eu le temps de reprendre des forces. Le goût de la bataille est éteint. Tous supposent que le bain de sang est proche. Et personne n'en veut... Surtout pas Jeanne, qui répugne à se battre le jour du Seigneur. Elle a réuni les capitaines, leur a formellement interdit d'attaquer les premiers, par respect pour Dieu et les commandements de l'Église. Tout chevalier chrétien se doit d'observer la trêve dominicale.

Les prêtres franciscains, chantant leurs cantiques, aspergent les hommes d'eau bénite, ultime absolution... Les Anglais, trop éloignés des lignes françaises, ne peuvent distinguer tous les détails, mais le spectacle d'une foule de soldats agenouillés devant la croix est impressionnant de majesté. Jeanne et ses lieutenants, à cheval, font face aux ennemis.

— Alors ?... On y va ? s'impatiente Dunois.

— Pas encore.

— Les Anglais n'attendront pas.

Jeanne hésite encore.

— J'y vais, déclare-t-elle.

— Jeanne, non ! supplie Jean d'Aulon.

De sa main, le Bâtard d'Orléans lui intime l'ordre de se taire. Un autre geste, destiné cette fois à Gilles de Rais, afin de lui demander de l'accompagner.

– Seule, affirme Jeanne.

Dunois, une fois de plus, est forcé de s'incliner. Et Gilles retient son cheval par la bride.

Des lignes anglaises, les soldats aperçoivent une mince silhouette, émergeant des rangs français. La Pucelle de Domrémy franchit à cheval la moitié du chemin qui sépare les deux armées. Hypnotisées, les troupes du roi d'Angleterre la regardent, incapables de détourner leur attention, et les capitaines demeurent immobiles.

Au milieu du champ, Jeanne s'arrête net ! Comme elle a l'air vulnérable et seule... Lord Talbot, commandant en chef des forces ennemies, la fixe de ses yeux gris, et son visage a pris l'impassibilité d'un masque de pierre. Aucun Anglais ne peut voir que des larmes coulent sur les joues de la Pucelle. Elle les essuie d'un revers de sa main. Puis, dit :

– J'ai un message pour votre roi Henry. C'est un message de Dieu.

Les Britanniques demeurent silencieux.

– Rentrez chez vous... allez-y en paix. Si vous ne partez pas maintenant, vous serez enterrés dans ce champ. J'ai vu suffisamment de sang pour aujourd'hui, mais si vous en voulez davantage, je ne peux pas vous arrêter. Je peux seulement vous prévenir que ce sera votre sang qui coulera, pas le nôtre.

Talbot se penche sur l'un de ses capitaines, lui murmure quelques mots à l'oreille. L'homme se recule, afin de transmettre le message du chef suprême. Jeanne et les Français tentent d'évaluer la réaction anglaise.

– J'attends votre réponse.

Insensiblement, les officiers anglais commencent à se déplacer sur les flancs de l'armée. L'attente semble interminable. Pourtant, quelque chose est en train de se produire ! Consternés, Dunois et ses hommes regardent les troupes ennemies s'écarter, laissant apparaître les archers, si redoutés. Jeanne ferme les yeux et ses larmes débordent. Elle prie...

– Je vous en supplie, Seigneur... ne... ne laissez pas ça arriver... ne m'abandonnez pas...

Les archers anglais reculent d'un pas. Bientôt imités par la cavalerie, qui tourne sur la droite, tandis que les hommes de pieds les laissent passer. Vite, Dunois s'adresse à La Hire :

– N'attends jamais de miracle. Tiens-toi prêt à passer à l'attaque...

Les rangs compacts de l'infanterie anglaise se rapprochent. Puis s'arrêtent. Le pire va-t-il arriver ? Il faut à Jeanne et à tous une bonne vingtaine de secondes afin de réaliser ce qui se passe sur ce champ de bataille : les Anglais s'en vont. D'abord, la cavalerie. Puis l'infanterie. Enfin, les archers eux-mêmes. Tous prennent la direction de Meung-sur-Loire.

Jeanne n'en croit pas ses yeux. Elle éclate d'un rire sonore et ce rire se mêle à des larmes de joie. Les capitaines français sont médusés par l'étonnement. La Pucelle interdit aux hommes de poursuivre l'ennemi, elle craint en effet une ultime ruse de guerre. Toutefois, il faut se rendre à l'évidence, les Anglais ont peur de cette jeune femme étrange à laquelle ils ne comprennent rien. Ils ont préféré abandonner leurs bastions, leurs vivres et leur artillerie. Enfin, La Hire, le premier, éclate de rire :

– Par Dieu et tous les saints... voilà ce que j'appelle un sacré miracle !

L'allégresse des Orléanais est immense. Les églises se remplissent d'une foule d'hommes et de femmes qui, prosternés au pied de la croix, remercient la providence. Partout se forment spontanément des processions. Dans les rues, on chante, on boit, on danse, on embrasse même les soldats, à qui on offre de l'eau-de-vie et du pain.

A des dizaines de lieues de là, le dauphin attend les nouvelles et rien ne peut encore calmer son angoisse.

Soudain, des acclamations ébranlent presque les hautes voûtes du château royal de Chinon. Un messager court, court à en perdre haleine, gravit les escaliers, s'engouffre dans le corridor et fait irruption dans la salle du trône. Charles se lève lentement, comprend que la victoire est acquise et frappe de bonheur et de soulagement entre ses mains. La reine Yolande semble radieuse. La Trémoille et l'archevêque de Reims sont les seuls à ne pas partager l'allégresse générale...

Au château de Rouen, siège du gouvernement militaire anglais, un autre messager, identique au précédent, s'engouffre dans un couloir tapissé de pierres blondes. En écho, il entend des exclamations de voix. Il surgit devant le duc de Bedford, régent d'Angleterre, hagard. Autour du prince, des hommes, ses conseillers, dont un certain Pierre Cauchon, évêque de Beauvais. Il annonce l'invraisemblable nouvelle : en ce 8 mai 1429, Orléans vient d'être libérée. Bedford se lève de son siège, pâlit, se mord les lèvres et martèle :

– Je veux cette fille. Je veux la voir brûler vive.

Chapitre 22

Jeanne chevauche dans les rues de Reims, portant bien droite sa bannière en triomphe. Frénétique, la foule l'acclame et les soldats ont bien du mal à contenir le débordement de ces hommes et de ces femmes qui, tous, veulent voir ou toucher l'héroïne. Pavoisée de lys, la cathédrale profile ses arches à l'autre bout de la rue.

Dans la sacristie, règne un indescriptible désordre. Tandis que les serviteurs perdent la tête, Gilles de Rais, superbe, essaie d'aider le dauphin Charles à passer sa robe d'hermine. La Trémoille ne quitte plus l'archevêque Regnault de Chartres, pourtant très occupé à ajuster les plis de son manteau brodé d'or. Un vieil évêque, proche des quatre-vingts ans, attend, les mains tremblantes. Charles tempête :

— C'est trop serré, ça ! Où est la couturière ?

D'un geste méprisant, il désigne la couronne.

— Et ça ! C'est supposé être une couronne. Vous n'avez rien de plus, de plus... royal ?

Un jeune prêtre, qui tient entre ses mains le modeste cercle d'or, avoue timidement :

— Les Anglais ont pris la vraie...

— J'ai demandé un grand couronnement, et c'est ce que vous me proposez ? Tout ça va tourner au fiasco le plus total !

Le vieil évêque tente d'amadouer le dauphin. Avec

diplomatie, il avance vers lui, tremblant comme une feuille...

– Sire, nous n'avons eu que trois jours pour tout préparer, trois jours ! Alors que le couronnement de votre père a demandé trois mois de préparatifs !

Charles s'adresse alors à la Trémoille.

– Il a probablement raison, ajournons la cérémonie.

Le chancelier tourne ses yeux de gargouille dans leurs orbites.

– Il n'est plus temps, Sire, nous ne pouvons retarder votre sacre... On ne sait pas quand les Anglais peuvent revenir... Ils ne sont éloignés que de dix lieues !

– Qu'ils viennent ! Montrons-leur qui est le véritable roi de France !

A quelques pas de là, Dunois s'examine dans un miroir. Près de lui, Gilles de Rais fait de même. Et tous deux resplendissent dans leur armure, astiquées par les pages, rutilantes.

– Elle a été recouverte de boue si longtemps que j'avais oublié comme elle a fière allure quand elle est nettoyée.

– Tu as pensé à nettoyer également ce qu'il y a à l'intérieur ? plaisante La Hire.

Dunois lui décoche une bourrade dans les côtes et tous deux rient de bon cœur. Dans un des angles de la sacristie, un léger ronflement : le duc d'Alençon dort d'un profond sommeil.

Seul Charles continue de maugréer. Décidément, rien n'est à son goût...

– Ces damnés Anglais... Nous devrions faire cela à Paris... à Notre-Dame, c'est deux fois plus grand qu'ici !

Yolande, qui a sagement écouté les paroles de son gendre, sort de l'ombre, accompagnée de son fidèle Richemont.

– C'est le lieu sacré qui compte, Charles, pas sa taille. N'ai-je pas raison monseigneur l'évêque ?

112

– Oh si, Madame. Tous les vrais rois de France doivent être oints dans notre grande cathédrale de Reims... avec l'huile sainte de Clovis... parce que c'est entre ces mêmes murs que saint Remy a reçu l'huile sacrée des cieux, portée par une colombe pour le couronnement du roi Clovis.

– Oui, oui, bon, si nous poursuivions, s'impatiente le dauphin.

– ... avant que les Anglais ne viennent tout gâcher, persifle Gilles de Rais.

Charles se fige.

– Ils n'oseraient pas !

– Je n'en suis pas si sûr. Il en suffit d'un, déguisé, poursuit Rais, en tirant une dague effilée.

Devant la lame, Charles se pétrifie...

– ... Avec une bonne dague, c'est tout ce qu'il faut...

Gilles de Rais lève son arme et... et coupe le plus tranquillement du monde un fil de soie qui dépassait de l'épaule du dauphin.

– ... pour tout ruiner, conclut-il du même ton serein.

Puis Gilles replace sa dague dans son fourreau. Pour l'heure, Charles est en proie à la panique. Il examine attentivement les hommes qui l'entourent, passe de visage en visage, comme si chacun d'entre eux pouvait être un assassin. Alors que Gilles de Rais s'éloigne, il gourmande ses pages :

– Vite, dépêchez-vous !

Un prêtre se précipite soudain, Canon, tout dévoué à l'évêque. Il tient entre ses mains une petite fiole.

– Votre Grandeur, le couronnement ne peut avoir lieu !

L'évêque chancelle, se reprend :

– Au nom du ciel, de quoi parlez-vous ?

– L'huile sainte de Clovis, elle s'est évaporée, se lamente Canon.

Le vieil homme en est abasourdi. Il regarde préci-

pitamment à l'intérieur de l'ampoule de verre.
Inquiète, la reine Yolande, suivie de Richemont,
s'approche.

– Évaporée ? Mais c'est impossible, c'est une huile
magi... je veux dire une huile miraculeuse, elle ne
peut s'être évaporée...

– Regardez vous-même, monseigneur, lance
Canon.

Le prêtre tend à l'archevêque l'objet sacré.
Yolande s'interpose.

– Un problème ?

L'archevêque tend à la reine le petit récipient.

– Je ne comprends pas... La Sainte huile de Clovis... il en restait plein, la dernière fois que je l'ai
vue...

– C'était quand ?

– Eh bien... pour le couronnement du roi Charles
VI.

– Il y a trente ans ? Je ne suis pas surprise qu'elle
se soit évaporée, poursuit la reine d'Aragon avec un
mépris visible.

– Non, non, vous ne comprenez pas, ce n'est pas
une huile ordinaire, elle est miraculeuse... Cette huile
a été apportée des Cieux par une blanche colombe,
pour, pour...

Sans prendre la peine d'écouter les derniers mots
du malheureux évêque, Yolande s'éloigne.

– ... le couronnement du roi Clovis dans cette...
même... cathédrale...

La fin de sa phrase se brise sur le visage sinistre-
ment balafré de Richemont... Ses derniers mots ne
sont plus que murmure étouffé, lorsqu'il remarque la
reine s'apprêtant à décrocher une lampe à huile fixée
sur le mur. Elle s'en saisit et, tranquillement, verse un
peu de liquide dans la fiole sainte.

– Q-q-que faites-vous ? balbutie l'évêque.

– J'accomplis un miracle.

Le sourire en croc de Richemont se charge d'éviter
toute protestation inutile...

Le bruissement de la foule en délire a atteint la sacristie. Soudain, Jeanne apparaît dans l'embrasure de la porte. Suivie de ses pages, les jeunes Louis et Raymond, elle porte sa bannière dans sa main droite. La Hire réveille aussitôt Alençon d'un coup de coude et, alors qu'elle entre dans la pièce, ne peut s'empêcher de lui adresser un sifflement admiratif. Le dauphin l'interpelle sans ménagement.

– Ah, Jeanne... venez ici !... Tout ce couronnement était votre idée, et c'est un fiasco... rien n'est prêt...

– ... vous avez l'air merveilleux...

– ... et ma couronne ne me va pas et...

Charles s'interrompt, la regarde...

– Vraiment ?

Jeanne prend tout le temps de l'examiner des pieds à la tête, évaluant le jeune homme qui se tient face à elle.

– Vous avez l'air d'un roi.

Charles en fond de bonheur... Au même instant, les trompettes royales retentissent de la cathédrale.

A l'intérieur du lieu saint, deux rangées de garçonnets, vêtus d'aubes immaculées, entonnent un chant d'allégresse. Charles entre dans la cathédrale, noire de monde, par une petite porte de côté. Au premier rang, les compagnons de Jeanne attendent l'instant de l'apercevoir enfin.

Charles avance vers l'autel. Derrière lui, la Trémoille et sa démarche de dindon, l'archevêque Regnault de Chartres, la reine Yolande et Richemont. Viennent ensuite les deux pages et elle, enfin, sur qui tous les regards convergent aussitôt. La foule ne peut retenir un mouvement de stupeur. Jeanne, revêtue de son armure blanche, porte sa bannière, déchiquetée par la guerre. A ses côtés, fidèle de la première heure, Jean d'Aulon.

La Hire en est si ému qu'il doit furtivement essuyer les grosses larmes qui barbouillent son visage buriné. Saisissant paradoxe : le sentimentalisme n'est-il pas l'autre revers de la cruauté ? Le duc d'Alençon et son ami Dunois dévorent Jeanne des yeux. Seul Gilles de Rais, qui vient d'être promu maréchal, semble plus occupé à dévisager les enfants de chœur qui agitent les ostensoirs où brûle l'encens...

Jeanne tremble d'émotion. Elle se sait au zénith de sa puissance, au sommet de sa gloire. La petite procession atteint la nef centrale. Tous se mettent de côté. Sauf Charles. Seul, il avance vers Regnault de Chartres, avance encore et puis s'arrête, se retourne, tend sa main à la jeune fille.

Un murmure immense emplit la cathédrale : le peuple donne son assentiment à ce geste sans précédent. La Hire applaudit, brièvement, avant que Gilles de Rais ne le rappelle à l'ordre et aux convenances ! Jaloux de cette soudaine faveur, La Trémoille et Regnault décochent à Jeanne un regard acéré.

Elle hésite encore. C'est presque la foule qui la contraint à rejoindre Charles. Toutefois, elle reste volontairement un peu à l'écart. Et à l'instant où il s'agenouille, se déshabille, ne conservant que ses chausses et une chemise fendue, l'archevêque, dans un geste solennel, oint le front du futur roi de l'huile sainte...

– Avec cette huile sacrée, bénie par la main de Dieu le Père tout-puissant, nous vous couronnons, vous, Charles de Valois...

Regnault doit s'interrompre. Mais qui s'agite ainsi, plus loin dans la cathédrale ? Charles jette un regard aux alentours. D'autres visages inquiets se tournent dans la même direction. Des officiers tirent leurs épées. Seraient-ce les Anglais ?

Nullement. Lassé de cette interminable cérémonie, le petit prince Louis s'est remis à frapper de son épée de bois tous les genoux qu'ils trouvent à sa portée ! Un des gardes frotte même son tibia endolori. Louis rougit... Yolande lui presse la main. Chacun est rassuré. Regnault peut poursuivre :

116

– Nous vous couronnons, vous, Charles de Valois, seigneur souverain et roi du puissant royaume de France, avec la charge de défendre la foi de notre Sainte Mère l'Église aussi longtemps que vous vivrez...

Jeanne est en larmes. L'archevêque se saisit de la couronne, l'élève au-dessus du front de Charles, et doucement, très doucement, la dépose. Les trompettes se déchaînent, la foule explose dans un tonnerre d'acclamations... Longue vie au roi Charles VII !

Alors, un son surnaturel se fait entendre, suivi d'un cri, celui de Jeanne...

Chapitre 23

Les armées du roi de France assiègent Paris. Galvanisés, les soldats sont persuadés que la Pucelle délivrera la capitale comme elle l'a fait pour Orléans. Et pourtant, sur les remparts de la cité, Anglais et Bourguignons, sûrs de leur force, continuent d'insulter les Français et de lancer sur eux une avalanche de boulets, de pierres et de flèches.

Soudain, bouche ouverte, la jeune fille vacille. Une pluie torrentielle crépite sur la douve grise saturée de boue. Jeanne se tient sur ses bords, regarde au loin les murs massifs de Paris. Des échelles sont accrochées aux remparts. Jean d'Aulon la rejoint.

– Jeanne!... Vous sentez-vous bien?

– Oui, oui, tout à fait bien...

Puis, elle se met à crier :

– Nous avons besoin de plus de petit bois! Pourquoi me regardez-vous ainsi?

Elle fixe Aulon, comprend mal son insistance...

– Jeanne, une flèche est plantée dans votre jambe.

Elle se penche, et en effet, aperçoit le trait qui a pénétré son armure.

– Ah, il y a...

Elle se semble ni souffrir ni se soucier de ce genre de... détail!

– ... mais ce n'est pas une raison pour vous arrêter.

Vous pouvez toujours grimper à une échelle, n'est-ce pas ? Alors, allez-y... grimpez !

Jean d'Aulon tourne la tête vers les longues, si longues échelles qui disparaissent à demi dans la brume et la fumée. Puis, Jeanne appelle son page.

– Raymond, viens ici !

Le jeune garçon accourt. Elle lui désigne la flèche, toujours fichée dans sa cuisse.

– Retire-moi ça !

L'enfant, pétrifié, ne bouge pas.

– Enlève-la !

Raymond agrippe la flèche. Jeanne fixe l'une des échelles chargée d'une grappe de Français. A la seconde où son page retire le dard, l'échelle bascule en arrière, précipitant les soldats dans la mort. Muette de douleur, la jeune fille baisse la tête.

Un peu à l'écart, deux hommes parlent à voix basse, Gilles de Rais et La Hire.

– Cela ne sert à rien, constate le premier.

– A rien ! C'est un désastre, affirme le second.

Harassé, Gilles de Rais rejoint Jeanne, manque de trébucher dans la boue, s'adresse à elle :

– Jeanne... les hommes sont épuisés.

– Je sais, mais l'ennemi aussi, il se retire, Paris est à nous !...

– Jeanne... nous ne sommes pas assez nombreux...

– Alors... faites venir des renforts.

– Des renforts ? D'où ?

Jeanne agite sa main derrière elle, comme pour désigner les troupes qui, bientôt, elle en est persuadée, seront là.

– Jeanne, regardez derrière vous, poursuit Gilles.

Alors qu'elle ne bouge pas, Gilles de Rais l'empoigne par les épaules et la force à se retourner, à regarder le bien triste spectacle. A peine plus d'une centaine de soldats, recouverts de boue, au bord de l'épuisement, marchent au milieu du carnage.

– Savez-vous compter ? hurle Rais.

– Bien sûr, faites-les venir !

– Jeanne... ce ne sont pas des renforts de dix mille hommes, c'est juste une centaine de soldats, loyaux mais fatigués, reprend Gilles avec plus de douceur.

Une ombre passe sur le visage de la jeune Lorraine.

– Mais... où est Dunois ? Où sont les hommes que le roi m'a promis ?

– Il ne les a jamais envoyés... Vous ne comprenez donc pas ? Il ne veut plus de cette guerre... Il a sa couronne maintenant, c'est tout ce qu'il voulait...

– Mais mes voix... elles m'ont promis...

– Au diable vos voix, il est temps de voir les choses en face ! Nous n'avons rien à faire ici... aucun de nous... pas même vous. Vous devriez rentrer chez vous, Jeanne.

Jeanne dévisage Rais, qui soutient son regard. Profondément ébranlée par ce qu'elle vient d'entendre, elle murmure, la gorge nouée par les sanglots :

– Vous ne croyez plus en moi ?

La Hire se charge de la réponse...

– Nous croyons toujours en vous, Jeanne. Si ça dépendait de moi, je chasserais chaque maudit Anglais jusqu'à l'Océan. Mais ça ne dépend plus de nous, ça dépend du roi.

La fureur de Jeanne est montée d'un seul coup. Sur ordre de Charles, elle doit regagner la cour. Il n'y a pas à discuter. Dans le château, elle ronge son frein. Les heures passent, toutes semblables.

Enfin, n'y tenant plus, elle se rue dans le couloir, passe une porte, en pousse une autre, et les murs de Chinon résonnent de ses pas. Ses deux pages font ce qu'ils peuvent afin de se maintenir à sa hauteur. Elle marche toujours...

Entre d'une traite dans la chambre du roi, se précipite sur lui. Charles VII, au bain, batifole avec quelques dames. Sans trop s'émouvoir de l'intrusion, il s'adresse à ses compagnes :

– Eh bien, voilà un plaisir inattendu. Mesdames, laissez-moi vous présenter la célèbre Jeanne.

120

Les filles s'esclaffent d'un rire nerveux.

– Faites-les sortir d'ici !

Le roi fait la grimace, affecte de jouer avec une éponge qu'il passe et repasse sur les seins de l'une des filles. Et lance, avec un regard mauvais :

– Maintenant, attendez un peu, vous n'êtes pas capitaine ici... sur le champ de bataille peut-être, mais pas dans la chambre royale !

– Pourquoi m'avez-vous trahie ? Paris était à portée de main ! Tout ce dont j'avais besoin, c'était de quelques centaines d'hommes supplémentaires... Pourquoi m'avez-vous repris l'armée que vous m'aviez donnée ?

– Donnée ? Je ne dirais pas les choses de cette manière...

La voix de Jeanne se brise de colère :

– Vous le diriez comment ?

– Eh bien, nous vous sommes, bien sûr, extrêmement reconnaissant de vos efforts passés, mais votre tâche est finie. Maintenant, il est l'heure de négocier... et après de nombreux mois de travail habile, notre cher La Trémoille est sur le point de conclure un traité avec nos amis bourguignons qui n'apportent plus leur soutien aux Anglais. Vous voyez ma chère Jeanne... comme il est écrit dans la bible, « à chaque chose sa saison : un temps pour la guerre, un temps pour la paix »...

– Nous n'obtiendrons la paix qu'une fois les Anglais au bout d'une lance !

Charles VII plonge sa tête sous l'eau, remonte à la surface, secoue ses cheveux trempés.

– Pourquoi vous faut-il être si assoiffée de sang ? Vous y prenez plaisir ? Tout ce sang, ce bruit, cette douleur ? La diplomatie est bien plus civilisée... plus sûre... et beaucoup moins coûteuse.

Jeanne crispe sa main sur une poignée de lettres, qu'elle tend au souverain.

– J'ai ici des lettres des villes assiégées : Compiègne, Provins, Melun, où les gens meurent de faim, priant Dieu à genoux qu'on leur vienne en aide... et je suis ici pour répondre à leurs prières, et vous voudriez m'arrêter ? La France ne vous appartient pas, Charles, elle appartient à Dieu. Et si vous ne m'aidez pas à la sauver, je le ferai seule !

D'indignation, elle jette ses lettres au visage du roi et quitte la pièce. Les parchemins frappés de cachets en cire rouge flottent à la surface de l'eau. Charles se renfonce dans son bain, se retourne vers ses compagnes et leur lance un soupir inquiet.

— Si seulement elle rentrait chez elle...

Chapitre 24

Ignorante des machinations politiques qui se tra-
ment contre elle, Jeanne souhaite ardemment
demeurer au château. Elle espère encore pouvoir
convaincre le roi de reprendre la guerre afin de chasser l'Anglais. Illusions... Anxieux, Jean d'Aulon la
cherche. Après avoir parcouru les quelques salles où
elle a pris l'habitude de se tenir, il a l'idée de diriger
ses pas vers la chapelle. La porte en est gardée par
Louis et Raymond.

– Vous ne pouvez pas entrer.
– Disparaissez!... s'emporte l'écuyer.
Jean pénètre dans le lieu saint, trouve la jeune fille
affaissée au pied de l'autel, s'agenouille à ses côtés.
– Jeanne... le roi nous a ordonné de ne plus che-
vaucher à vos côtés.
– Alors... que suis-je supposée faire maintenant?
Jean d'Aulon hésite à répondre, et très douce-
ment :
– Que disent vos voix?
Jeanne respire lentement, se tait d'abord, hésitant
à se confier. Puis, elle murmure avec une tristesse
que nul n'avait jusque-là ressenti en elle :
– Elles m'ont abandonnée... comme tout le
monde.
– Que... que voulez-vous dire?
– Cela fait des semaines qu'elles ne se sont pas

adressées à moi. Depuis le couronnement... aucun signe... rien...

Jean d'Aulon presse sa main contre la sienne.

– Leur silence est peut-être un signe ? Peut-être est-ce le signe que vous devriez rentrer chez vous ?

Jeanne retire sa main.

– Il n'est pas encore temps. Ma mission n'est pas terminée. Je dois faire encore plus avant de pouvoir, vraiment, enfin rentrer chez moi.

L'écuyer tarde quelques secondes à poser la question qui depuis tant de mois lui brûle les lèvres :

– Mais comment savez-vous que ces... que ces voix ne sont pas uniquement... eh bien... vous ?

Jeanne le fixe avec un étonnement sincère et puis, brusquement, éclate de rire...

– Bien sûr qu'elles sont moi ! C'est la façon qu'a Dieu de me parler. Si vous écoutez assez fort, même vous, vous pourriez l'entendre. Tout le monde peut l'entendre.

– Mais j'entends tant de voix... l'une qui dit une chose et l'autre le contraire, aime ton ennemi, tue ton ennemi, où est le bon, où est le mal ?

– Tout ce que vous devez faire, c'est cesser de parler et uniquement écouter.

– Mais comment savez-vous que ce que vous entendez est la vérité ?

– Je ne le sais pas. Je le sens.

– Vous rendez tout cela si simple, soupire Aulon.

– La vérité est toujours simple... c'est vous, Jean, qui rendez les choses compliquées.

Le visage de Jean d'Aulon s'est figé. Puis, avec fougue, le jeune homme se lance à l'assaut de ses idées, déverse, en flots continus, ce qu'il a sur le cœur...

– Moi ! Ce n'est pas moi, c'est Dieu qui complique tout ! S'il est tout-puissant, pourquoi ne pas avoir laissé les Anglais dans leur île pour commencer ? Et pourquoi laisser cette guerre se poursuivre pendant cent ans ? Et pourquoi vous envoyer vous battre, vous, quand une fille devrait rester avec sa famille ? Pourquoi ? Pourquoi ?

– Alors... même vous ne croyez plus en moi...

– Jeanne... je crois en vous... plus que quiconque...

Sa main effleure les cheveux bruns et courts de Jeanne. Il se penche en avant, attiré par ses yeux brillants de larmes, par sa bouche, si tendre, si ferme, si rouge.

– Je... je souhaite juste pouvoir... je veux... vous aider...

Tous deux se regardent, dans le silence de la chapelle. Et Jeanne, brusquement, se relève.

– Dites-moi..., murmure Jean.

– Dites au roi de me donner davantage d'hommes.

Jeanne s'en va, laissant Aulon seul, avec ses pensées.

Dans la cour du château royal, Jeanne et ses pages montent en selle.

Aulon traverse une salle, puis une petite antichambre, s'apprête à frapper à une porte, lorsque, soudain, il s'arrête, reconnaissant des voix qui lui sont familières. Le chancelier de La Trémoïlle vient de prendre la parole :

– Nous devons l'arrêter, votre majesté. Si elle lève une armée et attaque les Bourguignons à Compiègne, tous les mois d'effort que j'ai passés en douloureuses négociations auront été vains.

Aulon se rapproche un peu plus de la porte, écoute encore, et ses yeux se durcissent de colère.

– La Trémoille a raison. Elle se comporte comme si elle était Dieu ! Il est grand temps qu'elle découvre qui commande vraiment, déclare d'une voix docte l'archevêque de Reims.

A l'intérieur de la chambre royale, Regnault de Chartres, La Trémoille et Yolande d'Aragon s'avancent vers Charles, ondulants comme des serpents.

Charles VII pense à haute voix...

– C'est vrai. Il n'y a qu'un roi... le peuple a besoin qu'on le lui rappelle. Néanmoins... Jeanne a beaucoup fait pour nous...

La reine Yolande scrute intensément son gendre, dont elle connaît l'orgueil mais aussi les faiblesses.

– Je vous assure, Charles, que la Pucelle n'a pas plus fervente admiratrice que moi. Mais quels que soient nos sentiments personnels, nous ne pouvons l'autoriser à mener sa guerre privée. Pour le bien du royaume, il est impératif que vous l'empêchiez d'aller à Compiègne.

– Je-je ne peux l'en empêcher.

– Si vous ne le faites pas, je suis sûr que les Bourguignons seront heureux de nous obliger. S'ils la capturent à Compiègne, déclare La Trémoille...

– ... personne ne pourra nous en blâmer, conclut Regnault de Chartres.

– Je... je ne sais pas... Nous aurions l'air de... la trahir, hésite Charles.

– Noooon ! assène La Trémoille.

– Juste ciel, non ! ajoute l'archevêque Regnault.

– Ne vous inquiétez pas, Charles. Si Dieu est toujours à ses côtés, elle sera victorieuse. Nous ne sommes pas ses juges... nous sommes juste des spectateurs. Laissez-la aller à Compiègne, comme vous l'avez laissé aller à Orléans, et laissez Dieu décider de son sort.

La reine Yolande termine sa phrase sur un sourire. Mais Charles hésite toujours...

– Mais... son armée est si petite désormais...

– Alors sa foi devra être plus forte, tranche Yolande, en coulissant vers Richemont un de ses regards...

Blême, Aulon ne peut croire ce qu'il vient d'entendre.

De retour à sa chambre, il se jette sur une table et, à toute volée, l'envoie s'écraser contre le mur. Puis, hagard, le jeune homme se rue sur sa chaise et, de rage, la brise, s'acharnant encore sur les débris.

Aulon a sellé son cheval, et galope maintenant dans la campagne qui borde le château royal.

Chapitre 25

Jeanne et ses hommes, maigre troupe de soldats épuisés, mangent un peu de pain bis dans une clairière. Aulon écarte les branches, avance, aperçoit Jeanne, qui se tient un peu à l'écart, comme à son ordinaire. A ses côtés, ses deux pages. Il la rejoint et d'une voix fébrile, s'adresse à elle :

– Jeanne... j'ai besoin de vous parler.

Puis d'un ton mordant :

– Seul à seul.

La jeune fille le regarde un instant et fait signe de la tête aux deux enfants. Louis et Raymond s'éloignent, sans un mot.

Mais c'est elle, qui, la première, l'interroge avidement.

– Le roi vous a-t-il écouté ?

Aulon rougit, éclaircit sa gorge nouée.

– Jeanne, je... je vous aime, Jeanne. Je vous aime et... je veux vous épouser.

La surprise de la Lorraine n'est pas feinte. Elle paraît touchée.

– Ce n'est pas ce que j'ai demandé... Pourquoi voulez-vous m'épouser ?

– Vous écoutez vos voix, j'écoute mon cœur.

Mais c'est celui de Jeanne qui bat à se rompre. Elle dévisage son ami, questionne à nouveau :

– Qu'a dit le roi ?

– Il a dit que... il prépare un traité avec le duc de Bourgogne et...

– C'est un piège ! Ils achètent du temps pour faire revenir plus de soldats d'Angleterre !

– Ce sont vos voix qui vous l'ont dit ? Vous m'avez dit que vous ne les aviez pas entendues depuis des mois.

– Non, mais...

– Ou peut-être est-ce Jeanne qui est prise au piège, à son propre piège, une spirale descendante que rien n'arrête.

Jeanne détourne la tête, casse net la brindille qu'elle tenait entre ses doigts.

– Êtes-vous revenu pour m'épouser ou pour m'insulter ?

– Pour vous épouser.

Alors elle songe que, peut-être, le bonheur est là, dans ce garçon beau, pur, si pur... Son cœur bat, plus vite, plus fort. Et puis, elle se détourne de lui, regarde ailleurs, au loin...

– Je demanderai à mes voix... si elles reviennent un jour. En attendant... je vais à Compiègne.

– Jeanne... j'ai entendu des voix. Croyez-moi, ces voix ne me laissaient aucun doute sur le fait que vous ne devez pas aller à Compiègne.

Elle se tourne à nouveau vers lui. Elle sait qu'il dit la vérité, que le mensonge lui fait horreur, comme à elle.

– Jeanne... je crois en vous, mais ne pouvez-vous pas, pour une fois, croire en moi ? N'y allez pas... Même si vous ne voulez pas m'épouser...

– J'aimerais le faire. Mais je me suis déjà promise à Dieu.

Il s'est planté ses ongles dans sa paume. Comment trouver les mots, comment convaincre celle qui déjà lui échappe ? Jean hait sa propre maladresse, et cependant, il lui parle encore :

– Mais vous avez tant fait pour Lui déjà... ne pouvez-vous faire quelque chose pour vous, pour une fois, pour Jeanne ?

– Mais c'est ce que je veux.

– Être tuée au cours de la bataille! lui hurle Aulon, en plein visage.

– Si Dieu veut que je gagne, il trouvera un moyen. Et s'il veut que je meure... s'il veut que je m'en retourne à Lui... c'est parfait aussi. Ainsi, je serai avec Lui pour toujours.

Ses yeux sont devenus plus limpides, inaccessibles. Et elle a ce regard, ce regard avec lequel il ne peut rivaliser. Sachant qu'il l'a perdue, à tout jamais, il murmure :

– Me laisserez-vous au moins demeurer auprès de vous?

– Ce ne serait pas pareil sans vous.

Il sent sa main chercher la sienne.

En ce joli mois de mai 1431, on se bat devant Compiègne... Un homme s'effondre, frappé par une masse d'armes. Cliquetis des épées, cris des mourants, poussière, fumée, hurlements des bombardes... Du haut des remparts de la cité, les habitants et leur maire observent la bataille qui tourne à la défaveur des Français. Richemont, dévoué corps et âme à la reine d'Aragon, et le maire échangent un regard glacé. Tous les deux fixent le pont-levis encore ouvert, ultime salut pour qui veut se réfugier dans la ville...

Jeanne lutte pour que sa bannière se dresse, fière et haute! Soudain, elle entend un cri. Avec horreur, elle voit Raymond s'affaisser, une flèche plantée dans sa poitrine. Louis se précipite et reçoit son ami entre ses bras.

Jeanne saute de cheval, accourt, mais le temps qu'elle le rejoigne, l'enfant a déjà fermé les yeux sur sa mort. Louis lève les siens vers Jeanne, et ses larmes ruissellent sur son visage. Aulon chevauche vers elle.

– Nous devons sonner la retraite!

– Pas encore!

Et l'ennemi fond sur eux. Il n'est pas encore temps d'arrêter de se battre...

Sur la plus haute tour de la ville, le maire de Compiègne et Richemont contemplent toujours le champ de bataille. Un peu à distance, le conseiller de la reine Yolande fait un signe. Il n'échappe pas au maire qui, se tournant vers un garde, lance brutalement :

– Je ne peux risquer la sécurité de la ville. Relevez le pont-levis.

Au côté de Jean d'Aulon, Jeanne chevauche. Soudain, elle aperçoit Richemont, tapi derrière le pont-levis. Tous deux échangent un bref regard. Puis la jeune fille se tourne vers Jean.

– Retournez en ville et voyez si les Anglais n'attaquent pas de l'autre côté !

– Mais... pourquoi... à quoi bon ?

– Faites ce que je vous dis !

– Je veux rester avec vous, supplie Aulon.

– C'est un ordre !

Ebranlé par cette violence soudaine, Jean d'Aulon recule, tourne la bride de son cheval et revient au galop vers Compiègne. Il s'engouffre sur le pont-levis, et disparaît à l'intérieur de la cité. La lourde porte se referme derrière lui. Un piège pour Jeanne.

Elle tente de se frayer un chemin à travers les lignes ennemies qui progressent à grands pas. En vain ! Elle est rapidement encerclée par une dizaine d'hommes. Jeanne tire son épée, en fouette l'air, projette de grands moulinets afin de maintenir à distances les glaives et les lances des Bourguignons. Son cheval hennit de peur, tandis que la nasse se resserre. Les soldats ennemis la forcent à reculer encore. Un étrange sourire éclaire le visage de Jeanne, comme si elle voyait venir sa fin, celle qu'elle souhaite de toute son âme : mourir ici, sur ce champ de bataille, en pénitence pour le sang versé en son nom.

C'est alors qu'un carreau d'arbalète tranche une articulation...

Et son cheval s'effondre. Elle roule à terre, saute sur ses pieds, tandis que les hommes d'armes se rapprochent avec des cris mauvais. Elle fend l'air de sa lame, qui se fait plus lourde, à mesure que sa force s'épuise.

Un boulet de fer vient de briser son épée. Elle n'a plus d'autre arme que ses poings. Néanmoins, elle ne renonce pas; fait face à cette meute, comme un renard forcé par des chiens. Un autre coup, donné par derrière. Jeanne tombe à terre, son visage tourné vers le ciel, son regard s'adoucit et elle a, toujours, ce sourire...

Chapitre 26

Loin au-dessus d'elle, au-delà de la fumée, de la poussière, elle aperçoit un petit carré d'un bleu saphir.

Et Jeanne vient de retomber dans la prairie de son enfance.

– Seigneur !

Le ciel s'éclaire encore, le soleil est aveuglant ; confondus, l'espace et le temps se diluent. Les bras grands ouverts, elle s'offre aux cieux.

– Prenez-moi !

La nature la consume, l'intègre comme une partie du grand tout. Nuages, vent, saisons ne font bientôt plus qu'un. Herbes, fleurs, racines la brûlent. La terre s'est métamorphosée en une sphère tourbillonnante dans l'obscurité de l'espace, bientôt changée en un œil bleu, pareil à celui de Jeanne, comblée par sa vision. L'ombre d'un homme armé d'une masse s'y reflète.

Il abat son arme sur son visage...

Les yeux de Jeanne s'habituent progressivement à la pénombre. Elle distingue bientôt les murs humides de sa prison. Elle se redresse sur sa couche, comme tirée d'un cauchemar.

Son visage tuméfié la fait souffrir. Tout près de son lit en bois, un homme se tient et un rai de lumière éclaire son crâne rasé. Il rit alors qu'il la regarde :

– Je ne peux pas le croire... votre vision de la mort, si romantique, avec cette herbe qui pousse partout. Je dois admettre que vous avez beaucoup d'imagination. Ou alors, pas tant que cela... La mort est beaucoup plus simple.

Vision d'un cadavre. Il gît dans la forêt silencieuse et un flot de sang coule de sa bouche.

– ... après quelques mois, cela devient plus intéressant.

Le corps frétille... de vers. Il est bientôt réduit à la peau et aux os.

– ... puis, au bout d'une année, cela devient finalement romantique...

Dans la forêt, le corps a disparu... La nature a repris ses droits et l'herbe est à nouveau verte.

Jeanne secoue la tête comme en proie à un mauvais rêve.

– Qui... qui êtes-vous ?

– Je suis ce que je suis. Vous n'aimez pas mon visage ? Peut-être préférez-vous celui-ci ?

Le visage de l'homme se transforme et prend les traits du petit garçon de Domrémy. Jeanne en a le souffle coupé.

– C'est mieux, non ? Mais incomplet.

Le visage de l'homme se couvre de sang, identique à celui qu'elle a vu lors de la bataille d'Orléans.

– Tenez-vous derrière moi. Satan !

L'homme se contente de sourire, indifférent à sa menace.

– Qui êtes-vous pour penser connaître la différence entre le bien et le mal ? Êtes-vous Dieu ?

– Non... non, je suis juste un messager... Il a besoin de moi... un appel du Très Haut...

Alors l'homme hurle, hurle et sa voix se meut en rugissement. Les nuages en masse tourbillonnent derrière sa tête.

– Comment pouvez-vous imaginer un seul instant que Dieu, le créateur du ciel et de la terre, la source de toute vie, pourrait avoir besoin de vous ?

Jeanne pleure, abondamment.

– Je ne sais pas... je croyais...

– Vous pensez que Dieu n'est pas assez puissant pour délivrer ses messages lui-même ?

– Je ne sais pas... je vous en prie... que voulez-vous de moi ?

– Rien. Je suis ici pour vous libérer...

L'homme lève sa main, comme s'il allait juger Jeanne.

Une main la frappe en plein visage.

Et Jeanne se réveille, frotte sa joue endolorie. Un homme lui fait face : le garde bourguignon qui vient de la gifler.

– J'ai dit, souriez, vous avez de la visite.

La porte s'ouvre. Plusieurs seigneurs, richement vêtus, pénètrent dans la cellule. Parmi une silhouette mince comme un roseau, le duc de Bourgogne, accompagné de son fidèle conseiller, Dijon. Le garde annonce, d'une voix de stentor :

– Sa grâce le duc de Bourgogne.

– Alors... voilà la fameuse Jeanne... sauveur d'Orléans... terreur des Anglais ? Vous me faites l'impression d'être plutôt ordinaire...

– Suis-je... suis-je morte ? balbutie Jeanne, confuse.

– Morte, vous ne valez plus rien, ma chère.

– Où... où suis-je ?

– Devinez !

De ses yeux ouverts, Jeanne fait le tour de sa prison.

– Mon roi paiera toute rançon que vous exigerez.

– Votre roi ? Ah oui... bien sûr... Et il va me payer avec quoi ? Des vaches ? Des poulets ? Je préfère l'or et les Anglais en ont plein. Je me demande combien ils paieront... pour tenir entre leurs griffes la sorcière d'Orléans. Ces Anglais sont si arrogants, ils ne peuvent accepter l'idée d'être vaincus pas une paysanne... Il fallait forcément que ce soit le travail du diable.

134

– Dieu a vaincu les Anglais, pas moi.

– Et c'est Dieu qui a accepté que vous soyez prise ?

Jeanne demeure silencieuse.

– Personnellement, je ne crois ni à Dieu ni à Diable ! C'est pourquoi je ne suis jamais déçu.

Puis s'adressant à son conseiller, le duc ajoute, d'un ton bref :

– Vendez-la !

Au château de Chinon, Jean d'Aulon est entré dans la chambre du roi, où se tiennent, comme toujours, La Trémoille et Regnault de Chartres. Entre ses mains, le jeune écuyer tient un sac pesant.

– Voici pour aider à payer la rançon de Jeanne. Tous les capitaines ont donné ce qu'ils pouvaient, de même que les habitants d'Orléans et des autres villes qu'elle a sauvées...

Le roi Charles incline la tête :

– Très généreux de votre part ! Combien ?

– Dix mille couronnes d'or.

Les trois hommes demeurent un instant bouche ouverte. La somme recueillie est en effet énorme...

– Dix mille... c'est beaucoup... mais je crains que ce ne soit pas assez. Je me ferai néammoins un plaisir de combler la différence.

Charles s'adresse maintenant à l'archevêque Regnault.

– Monseigneur... je vous charge de cette... négociation sensible.

Chapitre 27

Le château du duc de Bourgogne passe avec raison pour l'un des plus beaux de la chrétienté. Dans une petite pièce, Dijon, le conseiller du duc, est assis à une table recouverte de dossiers et de parchemins. Il se tourne vers son assistant.

– Ils ont envoyé un évêque pour négocier ? C'est bon signe. Faites-le entrer.

Ce n'est pas Regnault de Chartres qui pénètre dans la pièce, mais un autre ecclésiastique, revêtu d'une robe brodée d'or : l'évêque de Beauvais, docteur en théologie, maître ès arts, par deux fois recteur de l'université de Paris, suprêmement intelligent, Pierre Cauchon. Avec une grâce un peu obséquieuse, il s'empresse.

– Bonjour, Monsieur. J'ai espoir que l'honorable duc de Bourgogne se porte bien ?

– Merveilleusement bien !

– Dieu en soit remercié.

– Et votre duc ? Le duc de Bedford ?

– Pas si bien que cela... J'ai le regret de le dire. Cette affaire avec la Pucelle... cela lui a causé des peines et des tourments infinis. C'est pourquoi il m'a chargé de la tâche... dirons-nous...

– De l'acheter ?

Cauchon sourit, gêné par la réplique brutale, mais si juste...

– Le mot est regrettablement approprié à la situation. En fait, ce que nous, l'Église, souhaitons faire est de déterminer si cette fille a été ou non envoyée par Dieu, comme elle le prétend. Vous comprenez que nous ne pouvons autoriser personne à user du nom de Dieu de cette manière...

– Je comprends. Combien ?

Dijon, en habile négociateur, n'a qu'un vœu : faire monter les enchères et amasser le plus d'or possible pour son maître, le duc de Bourgogne. Après avoir reçu l'émissaire anglais, Pierre Cauchon, il va poser la même question à un autre membre du clergé, Regnault de Chartres, représentant le roi de France. Qui lui répond :

– Cinq mille couronnes d'or.

– Ce n'est pas beaucoup, persifle Dijon.

– C'est tout ce que peut se permettre sa majesté. Elle a même fait don de ses très personnelles économies. Sa majesté apprécierait un geste de bonne volonté dans cette délicate négociation entre nos deux familles.

– Je sais... mais les Anglais la veulent ardemment, et je dois vous dire qu'ils se montrent beaucoup plus généreux.

– Puis-je, sans vous offenser, vous demander à quel point ils le sont ? soupire Regnault de Chartres.

Dijon ne cherche même plus à dissimuler son contentement lorsque, en s'entretenant avec l'évêque Cauchon deux heures plus tard, il formule la même réponse :

– Vingt mille couronnes d'or.

Cauchon en demeure pantois.

– Vingt mille ? Mais j'ai entendu dire que le roi Charles était... financièrement gêné.

– Peut-être que le peuple de France est plus attaché à elle que nous ne pensons...

A ce sous-entendu, à peine voilé, Cauchon se mord les lèvres...

Sans s'en douter, les deux ecclésiastiques, pourtant

rivaux dans cette négociation, partagent la même stupeur. En effet, le prix demandé est exorbitant !

– Certes, mais même si... Vingt mille... c'est une somme énorme..., reprend Regnault le lendemain.

– Ne regardez pas au coût, mais à ce que cela va vous rapporter. Quelle est votre dernière offre ? insiste Dijon.

– Huit mille. Nous ne pouvons réunir davantage... Nous ne pouvons que nous mettre à la merci de votre générosité.

– Je dois en référer au duc. Je vous donnerai sa réponse demain, conclut le conseiller, en jubilant.

Une main repliée sous sa nuque, les genoux fléchis, Jeanne dort. Un soldat de Bourgogne la secoue brutalement.

– Hé... réveille-toi... prépare-toi... tu t'en vas !

A peine a-t-elle ouvert les yeux, que Cauchon entre dans la cellule. Il est vêtu de ses riches vêtements ecclésiastiques et se tient devant elle, entouré par deux moines. A la vue des hommes d'Église, le visage de Jeanne s'illumine de joie.

– Oh ! merci mon Dieu.

Puis s'adressant à l'évêque :

– Je suis si heureuse de vous voir ! J'ai besoin de me confesser... Je ne me suis pas confessée depuis Pâques... ni ne suis allée à la messe.

– M'entendrez-vous maintenant ? demande-t-elle avec une excitation croissante.

– Je vous entendrai... mais pas maintenant et pas ici.

– Qui êtes-vous ?

– Pierre Cauchon, évêque de Beauvais. Comme vous avez été faite prisonnière dans mon diocèse, il me revient le devoir de conduire le procès.

Jeanne ne comprend pas ce que lui dit cet homme.

– Le procès, quel procès ?

– Votre procès, Jeanne. Sur la charge d'hérésie.

Son sang n'a fait qu'un tour. Elle se redresse sur le petit lit de bois, regarde l'évêque, puis les moines, revient à l'évêque :

– Mais... le roi, mon roi, n'a-t-il pas payé ma ran-çon ?

– Il semble que les Anglais se soucient davantage de vous que les Français.

– Les Anglais ?

– Oui. Ils ont payé votre rançon... demain, vous serez transférée au grand château de Rouen.

Pierre Cauchon n'ajoute rien. Et la porte se referme dans un grincement sinistre, sur lui et les deux moines.

L'affolement de Jeanne grandit. Des yeux, elle fait le tour de sa prison, s'avance vers une petite meur-trière, juste assez large pour qu'elle puisse s'y glisser.

A l'extérieur, sous la bruine glaciale, elle se hisse sur le rebord de pierre, qui surplombe la douve gelée. Mais qui oserait sauter ? Un imbécile, un candidat au suicide. Soudain, une voix, invisible :

– Vous avez besoin d'aide ?

Jeanne a reconnu l'homme de son cauchemar. Il se tient derrière elle.

– Que faites-vous ici ?

– Je pourrais vous poser la même question.

Jeanne ne peut en supporter davantage. Fermant les yeux, elle s'élance dans le vide... Le bruit de son corps tombant sur le sol alerte les hommes du guet. La prisonnière a voulu s'échapper. La nouvelle reten-tit à l'intérieur de la forteresse et ne va pas tarder à gagner Chinon.

Chapitre 28

Jean d'Aulon arpente au pas de charge les longs couloirs de la demeure royale. Il atteint la porte de la salle du trône, gardée par deux fiers-à-bras.

– Le roi est occupé, crâne l'un d'eux.

– Hors de mon chemin, grince Aulon.

Les gardes sur ses talons, il fonce dans la salle, y trouve le roi, La Trémoille et l'archevêque de Reims, Regnault de Chartres. Charles VII s'adresse à lui sur ce ton familier qui lui est cher.

– Mon cher Aulon !

Un signe de la main, afin de renvoyer les gardes.

– Tout va bien.

– Jeanne a été gravement blessée ! Elle a sauté du haut de la tour sur la douve prise par le gel.

Charles a frémi.

– C'est un miracle qu'elle ne soit pas morte, déclare le souverain.

– Nous devons faire quelque chose avant qu'elle ne fasse une autre tentative ! Je vous en prie, Sire, ne l'abandonnez pas... laissez-moi organiser son évasion...

– Jean... ce n'est pas si simple..., tempère Charles VII.

– Mais pas impossible... Gilles de Rais et La Hire sont prêts à tout risquer afin de la sauver...

Le zèle du jeune écuyer a fini par agacer le roi. Il

cherche comment calmer ce jeune impétueux, qui décidément n'entend rien aux rouages de la diplomatie. Avant tout, l'empêcher de nuire à ses projets...

– Jean... mon cher et loyal Jean... pourquoi voulez-vous vous opposer à la volonté de Dieu? Jeanne souhaitait aller à Compiègne, nous l'avons laissée faire, elle a été capturée. Puis, sur mon ordre personnel, Regnault a proposé trente mille couronnes pour sa rançon, mais, une fois encore, la réponse a été non. Et maintenant, vous dites qu'elle a essayé de s'échapper, et la réponse est toujours non. Jean, ouvrez les yeux, ne pouvez-vous voir la main de Dieu dans tout ceci ?

– Non ! Je vois la main de La Trémoille, de Regnault, de Yolande, et la vôtre... et ce sont des mains sales...

Charles a blêmi. L'archevêque de Reims lève ses mains baguées vers le ciel...

– Comment pouvez-vous parler avec autant de perfidie quand sa majesté a tout fait pour la sauver ?

– Parce que j'étais derrière la porte quand vous avez décidé de la trahir. Et que j'étais à Compiègne lorsqu'elle a été trahie !

Les dernières paroles du jeune Aulon résonnent dans la salle du trône comme un coup de tonnerre. La stupéfaction est générale. La Trémoille est le premier à se ressaisir.

– Gardes ! Arrêtez ce traître !

Les hommes se précipitent, entourent Jean, qui, d'un moulinet de son épée les maintient à une prudente distance. La Trémoille n'a que le temps de se réfugier derrière Charles. Jean d'Aulon dirige la pointe de sa lame sur la gorge du roi. Rien ne serait plus aisé au conseiller que de pousser le monarque sur l'épée effilée...

– Que craignez-vous le plus maintenant... mon épée ?...

Et, désignant La Trémoille :

– ...ou ses mains ?

– La Trémoille... non... S'il vous plaît...

Charles VII est devenu livide. La Trémoille semble hésiter un instant. Maintenant toujours son épée sur la gorge royale, le jeune écuyer se dirige vers le ministre.

– Mon épée est assez longue pour vous deux.

Dégoulinant de sueur, le chancelier recule. Charles pousse un soupir de soulagement. Jean d'Aulon le fixe intensément et, d'une voix forte, lance :

– J'ai toujours été loyal et honnête envers vous, mais mon allégeance touche désormais à sa fin. Désormais, ma loyauté appartient à Jeanne.

Et le jeune homme s'enfuit, court à travers la salle du trône, laissant trois hommes abasourdis, dont un, qui, de sa main, presse encore sa gorge...

Aulon s'éloigne de Chinon, au triple galop, cravachant son cheval... Une image lui tord le cœur, il sait désormais que, sous bonne escorte, sa chère Jeanne a été transférée de la forteresse de Beaurevoir au château de Rouen, réputé sûr et imprenable. Là, les ennemis de la Pucelle sauront garder leur proie. Le jeune homme est prêt à tout pour la sauver.

Alors que la nuit tombe sur la cité normande, le vaste fort n'a jamais paru aussi lugubre. C'est là que vit le duc de Bedford, régent d'Angleterre. C'est là qu'une fille de Lorraine est retenue prisonnière. Dans les sombres souterrains qui mènent aux prisons, un garde conduit avec précaution un groupe de visiteurs, seigneurs et gentes dames, tous somptueusement parés. L'homme n'a pas l'air rassuré...

– ... Vous ne direz pas que je ne vous ai pas prévenus ! Ne la touchez pas quoique vous fassiez, ne tendez même pas une main, ou elle arrachera un doigt plutôt que de vous cracher dessus.

– Elle est si sauvage que cela ? minaude l'une des élégantes.

– Sauvage ? c'est un monstre. On dit qu'à Orléans elle buvait le sang de ses victimes !

Un frisson parcourt le petit groupe. Les femmes

présentes se serrent contre leurs compagnons, affectant une crainte un peu suspecte...

– Oh, c'est trop horrible, susurre d'une voix pointue une jolie blonde à son voisin qui, aussitôt, se rapproche d'elle :

– Ne vous inquiétez pas, ma douce, je tiendrai mon épée prête.

Tous atteignent une porte, frappée d'un mince judas. Le garde tâtonne afin de trouver la bonne clé qui pend à un énorme trousseau. Le duc de Bedford ferme la marche, guidant de la main son épouse Anne, enceinte. Dans ce lieu lugubre qui suinte d'humidité, la duchesse ne semble guère à l'aise

– Ne pensez-vous pas que cette visite soit un peu... inconvenante ?

– Ma chère, c'est notre devoir... elle est notre invitée !

Un bruit métallique : le garde déverrouille la porte et le petit groupe pénètre prudemment dans la cellule.

Dames et seigneurs regardent autour d'eux. Personne ! Machinalement, ils lèvent les yeux. Une cage de fer est suspendue au plafond de la prison. Au centre de la cage gît un corps, revêtu de haillons, recroquevillé comme un animal blessé.

Une femme place sur son nez un mouchoir parfumé. Tandis que le duc de Bedford demande :

– Réveillez-la que nous puissions voir son visage !

Saisissant un gourdin, le garde pousse Jeanne à travers les barreaux.

– Hé, réveille-toi... Nous avons de nobles hôtes, ne les déçois pas, retourne-toi !

L'homme frappe les flancs de Jeanne, et la malheureuse doit lui faire face afin d'éviter de nouveaux coups. Vision affreuse : son visage est gonflé, ses lèvres desséchées, ses yeux accablés de chagrin. La duchesse est bouleversée. Le garde a rabaissé son gourdin et, satisfait de lui, il précise d'autres détails...

– Pour l'instant, elle est endormie, mais attendez

pour voir. A tout moment, elle peut se mettre à parler à ses diables, et là, elle se mettra à glapir comme un loup affamé ! L'autre nuit, elle a fait tourner sa cage si rapidement qu'on pensait qu'elle allait s'envoler !

– Ooooh... elle me donne la chair de poule, avoue la jolie blonde tandis que son compagnon lui caresse la main.

Face à des hôtes aussi illustres, auquel il n'est guère habitué, le garde s'empresse :

– Voulez-vous qu'elle se mette debout pour que vous puissiez mieux la voir ?

La duchesse de Bedford le regarde avec mépris.

– Non. Mais faites-la sortir de cette cage et donnez lui un lit décent.

Le garde est stupéfait. Anne se tourne vers son époux.

– Je suis désolée, mais cette enfant est traitée comme un animal. Ne pensez-vous pas que quels que soient ses crimes, elle a droit à un peu de notre charité ?

– Ce n'est pas une enfant, ma chère, c'est une sorcière, répond le duc et la légèreté de son ton prend l'accent d'une insulte.

Chapitre 29

Au château de Rouen, Cauchon pénètre dans la salle d'audience, sombre et vaste. Il s'assoit sur une haute cathèdre et autour de lui ont pris place chanoines, assesseurs, docteurs en théologie, bacheliers, médecins et moines bénédictins, dominicains, franciscains. En tout près de cent trente personnes, sûres de leur bon droit, de leur autorité infaillible : la fine fleur de la pensée occidentale... totalement dévouée à la cause anglaise. A leurs yeux, l'affaire est entendue. Cette fille est une sorcière, et ces hommes sont bien décidés à la perdre par tous les moyens, à multiplier les pièges où elle tombera, ils en sont persuadés ! Pierre Cauchon s'adresse à un garde :

– Faites entrer la prisonnière.

Une porte s'ouvre. Poignets et chevilles entravés par une chaîne de fer, Jeanne s'avance, son visage émacié et abattu. Elle demeure silencieuse, au centre de la pièce. Un scribe trempe sa plume dans un encrier et se prépare à écrire sur des feuilles de parchemin. L'évêque de Beauvais marque une légère pause, attend que chacun ait gagné sa place.

– Notre très sérénissime et chrétien roi Henri le Sixième, roi d'Angleterre et de France, nous a remis cette jeune fille, accusée de nombreux actes hérétiques, pour être jugée en matière de foi.

Un garde pousse Jeanne devant l'évêque. Pierre Cauchon se penche et la regarde fixement.

– Prenez les saints Évangiles dans votre main et jurez de dire toute la vérité concernant ce qui vous sera demandé.

– Je ne sais pas sur quoi vous allez m'interroger. Vous pouvez demander des choses au sujet desquelles je ne veux pas répondre.

Un mouvement de stupeur passe dans l'assistance : l'audace de cette fille est incroyable. L'évêque insiste.

– Vous allez jurer de dire toute la vérité sur tout ce que l'on vous demandera !

– Je jugerai de dire la vérité sur toutes les choses terrestres, mais, quant à mes révélations, je n'en ai jamais parlé à personne, excepté au roi... Charles le Septième... le seul et unique roi de France...

Docteurs en théologie, assesseurs, juges hochent la tête. Tous désapprouvent ostensiblement Jeanne. Le duc de Bedford, accompagné de seigneurs et d'observateurs britanniques, jette sur la jeune fille un regard vindicatif. L'évêque s'impatiente.

– Vous devez prêter serment ! Pas même un roi ne refuserait de prêter serment pour dire la vérité quand il s'agit de la foi.

– Je jugerai de dire ce que je suis autorisée à dire, mais quant au reste, même si vous menacez de me couper la tête, je n'en dirai toujours rien.

Cette fois, c'en est trop ! Cauchon voit son autorité épiscopale menacée dans son propre diocèse. Juges et théologiens s'agitent nerveusement sur leur banc de bois.

– Alors... commencez par nous dire votre nom, en supposant que vous êtes autorisée à nous en dire autant !

– Mon nom est Jeanne. La petite croix que je portais au cou m'a été retirée. J'aimerais qu'on me la rende.

Instinctivement, la duchesse de Bedford, également présente, touche la petite croix d'or qu'elle porte à son cou.

– Faites preuve tout d'abord d'un peu plus de coopération. Où êtes-vous née ?

– Dans un village appelé Domrémy.

– Quel âge avez-vous ?

– Dix-neuf ans... ou à peu près...

– Avez-vous été baptisée ?

– Oui. Dans l'église de Domrémy.

– Récitez la prière de Notre-Seigneur.

Une pierre de plus lancée contre Jeanne : le Tribunal veut se renseigner sur le degré d'instruction de cette paysanne...

– Pas avant que vous ne m'entendiez en confession.

A nouveau, l'assistance gronde. Quelle insolence, quel mépris pour l'évêque, qui, prenant sa voix la plus métallique, ajoute fermement :

– Jeanne, écoutez-moi attentivement. Nous sommes tous des hommes de foi, et nous allons sincèrement lutter pour le salut de votre âme et de votre corps comme s'ils étaient les nôtres. Nous le faisons au nom de notre Sainte Mère l'Église, qui ne ferme jamais ses bras à ceux qui s'en reviennent vers elle. Mais nous ne pouvons vous aider si vous ne vous soumettez pas à notre docte jugement et à notre autorité. Tenez compte de cette charitable exhortation, parce que si vous persistez à nous refuser votre aide, alors nous n'aurons pas d'autre choix que de vous remettre au pouvoir séculier, et je pense que vous connaissez bien la punition qui vous attendrait. Alors donc... allez-vous réciter la prière de Notre-Seigneur ?

– Pas avant que vous n'entendiez ma confession.

La salle d'audience commence à se diviser. Des juges éprouvent déjà une manière de sympathie pour Jeanne, d'autres se bouchent les oreilles. Touchée par tant de courage, la duchesse de Bedford regarde la jeune fille avec tendresse.

– Jeanne, faites attention, vous ne vous aidez pas en refusant de vous soumettre à notre jugement..., menace l'évêque.

– Faites attention, vous aussi, qui prétendez être mes juges, parce qu'un jour, à votre tour, vous serez jugés !

L'assistance éclate en protestations, crie au blasphème. Un seigneur traite Jeanne de « sorcière ». « Suppôt de Satan », siffle un clerc de Bourgogne entre ses dents serrées. Un coup mat ! Pierre Cauchon vient d'abattre son marteau sur la lourde table qui lui fait face. Et crie :

– Gardes ! Emmenez la prisonnière ! Faites évacuer la salle !

Des gardes armés pressent les ecclésiastiques hors de la pièce, Jeanne est entraînée sans ménagement. Sous les yeux du duc et de la duchesse de Bedford. Le duc se tourne vers son aide de camp, Buck.

– Je compte sur vous pour l'obtenir.

– Euh... obtenir quoi ?

– Je veux qu'elle soit brûlée.

– Comme vous le souhaitez, votre grâce.

Pierre Cauchon n'en mène pas large. Et les ecclésiastiques qui l'entourent partagent son malaise. Dans l'antichambre du château de Rouen, assesseurs, juges et théologiens l'écoutent, alors qu'il tente de se rassurer lui-même...

– Eh bien... dans l'avenir, je pense que nous allons procéder à nos investigations en privé, loin de la pression du public, afin d'être plus... pondérés...

– Je pense que l'Église devrait se laver les mains de toute cette affaire.

– Laissez les Anglais la brûler s'ils le veulent... Mais pourquoi devrions-nous y être mêlés ?

Alors que les deux assesseurs sont sur le point de poursuivre, Buck pénètre dans la petite pièce. Un prêtre âgé, manifestement mécontent de ce qu'il vient d'entendre, la parcourt d'un pas nerveux.

– Parce que c'est... c'est clairement notre devoir

d'extirper l'hérésie partout où elle se présente, affirme Cauchon.

Puis, s'adressant au vieil homme :

– Père Vincente... vous êtes le plus vénérable d'entre nous, qu'en pensez-vous ?

– Je pense que ce procès est une mascarade, et je refuse d'y participer plus longtemps. Je veux bien être son juge, pas son bourreau. Cette jeune fille semble courageuse et pieuse... elle mérite d'être bien jugée.

Le vieux prêtre se dirige déjà vers la porte.

– C'est ce que j'essaie de lui assurer, le retient l'évêque.

– Le verdict vient à la fin d'un procès, Cauchon, pas à son commencement. Je retourne à Rome, afin de remettre mon rapport à notre saint-père le pape.

Redoutant d'éventuelles admonestations de Martin V, Pierre Cauchon s'emporte, s'égare entre crainte et indignation :

– C'est ridicule ! Je suis maintenant celui à qui on fait un procès et que l'on juge ?

– Oui... exactement comme Jeanne l'a prédit...

Le père Vincente est sur le point de quitter l'antichambre, suivi des deux autres assesseurs. Tranquillement, Buck appelle les gardes.

– Arrêtez-les !

– Que faites-vous ? C'est une cour ecclésiastique, vous n'avez aucun droit de faire cela ! s'exclame Pierre Cauchon.

Buck toise le gros homme, tremblant dans sa robe brodée d'or à revers d'hermine.

– Ici... c'est un territoire anglais. J'ai le droit de tout faire...

Et, s'adressant aux gardes :

– Emmenez-les !

Protestations, cris, suppliques, rien n'y fait ! Les trois prêtres sortent, escortés par les gens d'armes. Laissant derrière eux le reste de l'assemblée statufiée par la crainte.

Chapitre 30

Avec ses ongles, Jeanne incise le mur de sa cellule. Elle trace une grande croix et ses doigts se rougissent de sang. La jeune fille s'agenouille et récite le Notre-Père à toute vitesse, comme si elle avait le Diable à ses trousses.

– Notre Père qui êtes aux cieux... que votre nom soit sanctifié, que votre règne vienne sur terre comme au ciel, pardonnez-leur leurs offenses... pardonnez-nous leurs offenses... comme nous leur pardonnons... Oh! Dieu, ne vous coupez pas de moi comme cela... Je ne sais plus ce que je suis censée dire ou ne pas dire... Je ne sais même plus quoi penser... Oh! mon Dieu, je suis si perdue... ne m'abandonnez pas comme les autres... s'il vous plaît, je vous en prie... dites-moi au moins si vous m'entendez! Dites-moi que vous m'entendez!... Pourquoi ne répondez-vous pas? S'il vous plaît, je vous en supplie, répondez-moi!

L'Homme, celui des heures de doute et de désespoir, semble sortir du mur. A son tour, il s'agenouille devant elle et frappe violemment son front contre le sien...

– Pourquoi criez-vous ainsi?

– Que faites-vous ici? S'il vous plaît, partez... vous ne pouvez pas rester ici...

– Pourquoi? Vous attendez quelqu'un d'autre? murmure-t-il d'une voix presque suave...

– Oui !

– Qui ? tonne-t-il.

Jeanne hésite, détourne la tête.

– Mes... visions...

L'homme se radoucit instantanément.

– Elles vont venir vous rendre visite ici ?

– Oui... c'est pourquoi... je prie !...

L'homme frappe ses mains l'une contre l'autre, sourit, et déclare comme devant un spectacle qui s'annonce :

– Je veux voir ça. Ça ne vous fait rien si je reste... dans un coin ? Je ne vous dérangerai pas.

– Non, non, vous ne pouvez pas rester ou elles ne viendront pas !

– Pourquoi pas ?

– Parce que... je dois être seule !

L'homme sourit, mais cette fois à regret :

– Elles ne viendront pas de toute façon.

L'inquiétude de Jeanne déchire son visage.

– Que voulez-vous dire, elles ne viendront pas ?

L'homme la scrute, sourit encore, croise ses jambes.

– Pourquoi le feraient-elles ?

– Parce que ! Parce que j'ai toujours été fidèle à Dieu, et j'ai suivi tout ce qu'Il m'a dit... et j'ai fait tout ce qu'Il m'a demandé...

Un soupir de l'homme, un soupir d'ennui...

– Vous voulez dire que Dieu a dit : « Jeanne, j'ai besoin de vous ? »

– Non, mais... Il m'a envoyé tant de signes !

– Quels signes ?

Jeanne sent qu'elle s'enlise, lutte contre une nausée qui ne la quitte plus.

– Comme... le vent... et les nuages... et... les cloches... et cette épée qui gisait dans le champ... c'était un signe !...

L'homme la regarde, comme elle lui semble naïve ainsi, presque sotte...

– Non. C'était une épée dans un champ.

Le cœur de Jeanne va se rompre...

– Mais... elle n'est pas venue là toute seule.

– C'est juste, chaque événement a un nombre infini de causes, mais pourquoi choisir l'une plus que l'autre ? Il y a bien des raisons pour qu'une épée se retrouve dans un champ...

L'homme a fait un geste. Des images surviennent, nettes et précises. Jeanne peut clairement apercevoir le champ de son enfance, le champ de Domrémy...

Des cavaliers galopent. L'épée de celui qui ouvre la marche se détache de son baudrier et, lentement, glisse dans l'herbe haute.

– Cela semble une explication parfaitement valable... mais que pensez-vous de celle-ci ?...

Deux jeunes enfants courent dans le champ parsemé de coucous sauvages. L'un d'entre eux traîne une lourde épée derrière lui. Un vieil homme les interpelle soudain.

– Hé, vous, petits diables, revenez !

Effrayés, les enfants s'enfuient, abandonnant l'arme.

– Mais il existe encore d'autres possibilités...

Un nouveau geste. Cette fois, un homme est poursuivi à travers le même champ par des soldats anglais qui viennent de se livrer au pillage. Son épée ralentit sa course. Il la jette dans l'herbe folle.

– Ou encore plus rapide...

Le même homme court toujours. Tout à coup, il reçoit une flèche dans l'épaule. Il chancelle, laisse tomber son épée et réussit à gagner la forêt voisine en chancelant.

– ... et c'est sans compter sur l'inexplicable...

Un autre homme traverse le champ. Sans raison apparente, il jette son épée. L'homme poursuit sa route...

– Mais de toutes ces éventualités, il fallait que vous choisissiez celle-ci...

L'air retentit d'un coup de tonnerre. La masse des nuages tourbillonne, un vent violent couche l'herbe haute. Une vive lumière illumine la scène. C'est alors qu'une épée plus brillante que l'or descend lentement des cieux ouverts. Elle se pose sur le champ. Puis, la lumière céleste s'évanouit comme une rosée matinale.

Hébétée par tout ce qu'elle vient de voir, Jeanne n'a plus la force de dire un mot.

– Vous n'avez pas vu ce qui était, Jeanne. Vous avez vu ce que vous vouliez voir...

Chapitre 31

Pierre Cauchon a réussi ce qu'il voulait. Le procès se déroule à huits clos, sans le public, dans une salle plus modeste. Au fond, assise très droite, la duchesse de Bedford, partiellement masquée par les inévitables théologiens et autres docteurs de l'Église. Parmi ces hommes sévères, Maître Beaupère, chanoine de Notre-Dame de Paris, ne cache pas son antipathie pour Jeanne. Imperturbable autant que fielleux, il poursuit l'interrogatoire...

– Cette... « voix », dont vous dites qu'elle vous est venue... c'était un ange ? Ou un saint ? Ou venait-elle de Dieu ?

Jeanne a du mal à se concentrer. Son esprit lutte contre ce qu'elle vient de voir dans sa cellule, par la faute de cet homme si étrange. Elle hésite, et finit par dire :

– Je ne vous en dirai pas plus à ce sujet. J'ai bien plus peur de Lui déplaire que de ne pas vous répondre...

– Vous avez peur de déplaire à Dieu en disant la vérité ?

– Non...

– Dieu vous a-t-il interdit de dire la vérité ?

– Non. Mais mes révélations étaient pour le roi de France, pas pour vous.

Chanoine de la cathédrale de Beauvais, ami intime

de l'évêque Cauchon, Jean d'Estivet prend à son tour la parole et s'acharne à confondre Jeanne sur le très redoutable terrain théologique :

— Lorsque vous avez vu votre roi pour la première fois, y avait-il un ange au-dessus de sa tête ?

— S'il y en avait un, je ne l'ai pas vu...

— Alors pourquoi votre roi vous a-t-il crue quand vous n'aviez aucune preuve ?

— Allez lui demander.

Estivet fait la grimace. Assurément, il déteste cette fille, cette paysanne, qui se permet de lui répondre de cette inqualifiable façon... Il est sur le point de l'insulter, lorsque Pierre Cauchon intervient.

— Jeanne, vous ne vous aidez pas beaucoup. Si vous ne répondez pas correctement à nos questions, votre refus sera pris en compte.

— Ces questions n'ont rien à voir avec votre procès.

Estivet fulmine. Cauchon persiste :

— Je vous assure que si. Alors... répondez-moi... quand avez-vous entendu cette voix pour la dernière fois ?

— Il n'y a pas longtemps...

— Quand exactement ? Un jour, une semaine, quand ?

— La nuit dernière.

Trois mots suffisent pour prendre les assesseurs de court. Passant outre à leur surprise, Cauchon se penche vers Jeanne et poursuit :

— Que faisiez-vous quand cette voix s'est fait entendre ?

— Je priais.

— La voix était dans votre cellule ?

— Oui.

— Que vous a-t-elle dit ?

— Beaucoup de choses...

— Elle vous a donné des conseils ?

Jeanne se trouble. Avant tout, il lui faut éviter les pièges de cet homme gras qui sans cesse s'éponge le front.

– De bons conseils ?

Jeanne hésite.

– Passez à la question suivante...

Maître Beaupère s'en charge, sans laisser à l'évêque le temps de poursuivre. Il veut transpercer Jeanne, l'empêcher de se défendre, l'obliger à se couper :

– De bons conseils pour les Français, pas pour les Anglais ! Pensez-vous que Dieu haïsse les Anglais ?

– Je ne sais pas, mais vous êtes tous des hommes d'Église... pourquoi ne pas Le lui demander vous-mêmes ?

Le calme de Beaupère s'évanouit. Il s'empourpre, devient cramoisi de colère, mais Cauchon, d'un geste, lui intime l'ordre de se taire.

– Vous entendez souvent cette voix ? reprend l'évêque sur un ton mielleux.

– Oui...

– Est-elle ici ? Maintenant ? Dans cette pièce ?

La jeune fille regarde intensément chaque visage des assesseurs. Certains se détournent, retiennent leur souffle, visiblement mal à l'aise...

– Non.

Les assesseurs respirent, soulagés. Buck, le conseiller privé du duc de Bedford, retient un juron entre ses lèvres serrées.

Mais dans l'antichambre, face à la douzaine d'ecclésiastiques, prudemment silencieux, il explose d'une colère froide, ses mains derrière le dos, arpentant les dalles de la petite salle.

– Qui conduit ce procès, elle ou vous ? Je ne peux pas y croire ! Cette fille de rien, comment ose-t-elle parler ainsi ?

Cauchon essaie de temporiser.

– Elle est fidèle à son roi... il fallait bien s'attendre à ce qu'elle...

Buck ne lui laisse pas le temps d'achever. Sa fureur n'a plus de limite. Il appuie fermement son doigt sur le front en sueur de Cauchon et martèle :

– Il n'existe qu'un seul roi de France et c'est notre seigneur lige Henri le Sixième ! C'est écrit noir sur blanc dans le traité de Troyes, que vous, bâtards français, avez signé !

Pierre Cauchon tente de se dégager de l'emprise de l'Anglais, recule d'un pas, baisse les yeux, cherche un soutien qui ne vient pas du côté de ses collègues et balbutie :

– Je comprends votre impatience, mais si vous voulez que ce procès soit reconnu légal, nous devons suivre la procédure correcte...

– Au diable la procédure ! Nous avons payé une fortune pour cette salope, et nous pouvons diablement en faire ce que nous voulons, que l'Église apprécie ou pas, est-ce clair ?

L'évêque réunit sa dernière énergie, rassemble ce qui lui reste de courage.

– Mais si ce procès semble joué d'avance, je crains que vous n'obteniez le résultat inverse de celui que vous recherchez...

– Nous voulons la faire brûler comme sorcière, crache le conseiller de Bedford.

– Mais pour ce faire, l'Église doit prouver l'hérésie, sinon vous brûlerez une martyre...

– Et alors ? Commencez donc à prouver... sinon l'Église aura une nouvelle martyre.

Buck sort de l'antichambre comme une furie, claque la porte derrière lui. Saisi, Pierre Cauchon voit le chambranle vibrer...

Dans la salle d'audience, le bourreau dépose avec soin sur une table de bois des instruments de torture, pinces, vilebrequins, entonnoir, maillets, coins...

Jean d'Estivet, résolu, attaque le premier.

– Vous nous avez parlé de l'apparence de cette... voix. Qu'avez-vous vu exactement ? Juste une partie... ou sa totalité ?

– Son visage.

– Il avait des cheveux ?

– Oui.

– Ils étaient longs et dénoués ?

– Je m'intéressais plus à ce qu'il disait qu'à ce à quoi il ressemblait.

– Mais si le Diable devait prendre l'apparence d'un saint ou d'un ange... ou d'un homme... comment le reconnaîtriez-vous ? A ce qu'il dit ?

– Passez à la question suivante.

Estivet trépigne de rage. Il indique d'un geste le bourreau, les instruments de torture et hurle, sans que Cauchon n'intervienne cette fois :

– C'en est assez ! Vous répondrez à la question... ou en affronterez les conséquences !

Jeanne presse sa paume ouverte sur son cœur, cherche à en calmer les battements précipités. Le bourreau saisit une pince et la regarde...

– Si vous deviez m'arracher les membres un à un et faire que mon âme quitte mon corps, je ne vous dirais rien de plus. Et si je vous disais quoi que ce soit, après je raconterais que vous me l'avez extorqué par la force. Maintenant... s'il vous plaît... passez à la question suivante.

Le bourreau repose sa pince. Jean d'Estivet tourne un visage anéanti vers Pierre Cauchon. Mais qui va enfin pouvoir briser la résistance de cette fille ? Une seule solution, peut-être... Multiplier les audiences, l'épuiser physiquement, et moralement, surtout moralement...

Jeanne est reconduite à sa cellule. Les nuits se passent, identiques, dans la solitude et la prière. Jusqu'à l'audience suivante.

A son tour, Jean le Maistre, prieur dominicain du couvent de Rouen, vicaire de l'Inquisiteur de France, petit homme chauve, interroge Jeanne de sa voix de crécelle.

– Qui vous a dit de porter des vêtements d'homme ?

– Les vêtements ne sont pas importants...

– Vous vous êtes également coupé les cheveux comme un homme, et dans la Bible, il est clairement dit que c'est une abomination pour une femme de prétendre être un homme ! Cela prouvait votre désir de tromper...

Jeanne ne peut réprimer un mouvement d'humeur. Cet homme est donc stupide ?

– C'était seulement plus pratique parce que j'étais parmi les soldats.

– Alors vous pensez que vous avez bien fait de vous couper les cheveux et de vous habiller comme un homme ?

Une seconde de silence...

– Je... je m'en remets à Notre-Seigneur.

– Mais vous soumettrez-vous à la décision de l'Église ?

– Il me semble que l'Église et Notre-Seigneur ne sont qu'un et les mêmes. Pourquoi devez-vous compliquer ce qui est si simple ?

Jean de Maistre, abasourdi, jette un œil éperdu à l'évêque. Comprenant la détresse du dominicain, Cauchon, une fois de plus, se heurte à la jeune fille.

– Laissez-moi clarifier les choses pour vous, Jeanne. D'un côté, il y a l'Église triomphante, c'est-à-dire Dieu, Ses saints, et les âmes qui sont sauvées. Puis il y a l'Église militante, c'est-à-dire notre saint-père le pape, les cardinaux, les prélats de l'Église, le clergé, et tous les bons chrétiens catholiques. En outre, cette Église, quand elle est rassemblée, est guidée par l'Esprit-Saint, et donc ne peut être dans l'erreur. C'est pourquoi nous vous demandons de vous soumettre à l'Église militante... c'est-à-dire nous.

Jeanne lève son regard clair.

– Alors c'est l'Église militante qui refuse de me confesser, et donc m'empêche d'être une bonne chrétienne ?

Cauchon se recule sur son siège, calme le sang qui bat à ses tempes, s'éponge à nouveau.

– C'est à nous de déterminer si vous êtes une bonne chrétienne, pas à vous.

– Je suis envoyée par Dieu, et je soumets toutes mes paroles et tous mes actes à Son jugement. Ou pensez-vous être meilleurs juges qu'Il ne l'est?

L'évêque lève les yeux au ciel. Frappe la table de son maillet...

Chapitre 32

L'audience reprend le lendemain.

Pierre Maurice, théologien de la ville de Rouen, l'un des assesseurs du Tribunal ecclésiastique, essaie une autre tactique...

– Lorsque vous avez été faite prisonnière à Compiègne, aviez-vous un cheval ?

Jeanne ne voit pas trop où Maître Maurice veut en venir...

– Oui... un demi-coursier... blanc.

– Qui vous a donné ce cheval ?

– Mon roi.

– Combien vous en a-t-il donné ?

– Cinq coursiers et quelques chevaux de route...

– Autant qu'à un seigneur ? Quel honneur ! Votre roi vous a-t-il donné d'autres richesses à part les chevaux.

– Non.

– Et qu'en est-il de toutes ces robes qu'on vous a données ?... des robes de soie, n'est-ce pas ?

– Oui, on m'en a donné quelques-unes, mais je n'ai jamais eu le temps de les porter...

Maître Maurice jubile... Chevaux et beaux atours sont les signes distinctifs d'un rang élevé. Cette fille feint l'humilité, il en est convaincu, car qui résisterait à de tels présents, sans que son âme en soit affectée ?

– Plutôt riche pour une paysanne, n'êtes-vous pas de cet avis ?

Jeanne examine l'homme, son habit de velours noir, dont les manches sont bordées de loutre, la croix d'or qui tombe de son cou et le luxueux missel qu'il tapote de ses doigts bagués. Et sa réponse fuse, atteint sa cible :

– Et vous semblez riche pour un serviteur de Dieu, n'êtes-vous pas de cet avis ?

Vexé d'être pris en faute par une fille dont il a plus que le double de l'âge, Maître Maurice ne prend pas même la peine de poursuivre. Beaupère, fâché de le voir si mal à l'aise, retient difficilement son indignation devant cette exaltée, cette convaincue d'hérésie qu'il saura bien mater.

– Est-il vrai que vous avez lancé une attaque contre Paris ?

– J'ai essayé.

– C'était un dimanche, non ?

– Je ne me souviens pas. Peut-être.

– Vous pensez que c'était une bonne idée de lancer une attaque un jour saint ?

– Je ne sais pas...

– Et n'avez-vous pas demandé aux habitants de Paris de soumettre la ville au nom du roi des Cieux ?

– Non... J'ai dit « Rendez-vous au nom du roi de France »...

– Ce n'est pas ce qui est écrit sur le témoignage... regardez par vous-même.

Devant elle, Jean Beaupère agite une liasse de feuillets, en retire un, qu'il présente à Jeanne entre le pouce et l'index :

– Je ne sais pas lire...

L'homme ne peut s'empêcher de sourire fielleusement, prend à témoin le Tribunal.

– Ah oui, j'avais oublié... Dieu nous a envoyé une paysanne illettrée pour assumer une si importante mission ! Pensez-vous que Dieu ait pris la bonne décision, de choisir une fille ignorante pour sauver le royaume de France ?

– Je laisse la réponse à Dieu.

Maître Beaupère laisse retomber le feuillet, le replace entre les liasses, et frappe le tout de sa paume. C'est alors que son voisin de gauche tourne vers la jeune Lorraine ses yeux de fouine. Licencié en théologie, nommé chanoine de Rouen par le roi d'Angleterre, Henri VI, Jean Midi, tout dévoué à la cause anglaise, est l'agent très zélé du duc de Bedford. Pour son maître, il est capable de tout...

– Dites-nous, Jeanne... pourquoi vous êtes-vous jetée de la tour de Beaurevoir ?

– J'avais été vendue aux Anglais. Je préférais mourir que de tomber entre leurs mains.

– C'est votre voix qui vous a dit de sauter ?

– Non...

– Donc quand vous avez sauté, vous vouliez vous tuer ?

Jeanne a compris. Le suicide est regardé par tout bon catholique comme un péché mortel. L'être de chair qui attente à sa vie ne sera jamais porté en terre chrétienne et perdra sa part de paradis... Voilà ce que cet homme veut lui faire dire : elle a voulu mourir... Elle crie :

– Non !

– Comment pouvez-vous le nier quand vous venez juste de dire : « je préférais mourir plutôt que de tomber entre les mains des Anglais » ?

– Ce n'est pas ce que je voulais dire...

– Savez-vous que le suicide est un très grave péché ? Personne n'a le droit de détruire la vie que Dieu a créée !

– Je le sais, mais ce n'est pas la façon dont les choses se sont déroulées...

– Vous voulez dire que ce n'est pas de votre propre volonté que vous étiez sur ce rebord ?

Jeanne sent la redoutable puissance de cet homme s'enfoncer en elle comme une dague. Elle perd pied...

– Si, mais...

– Et vous n'avez pas sauté volontairement.

– Non! supplie-t-elle les yeux pleins de larmes.

– Oh? peut-être quelqu'un vous a-t-il poussée?

Cauchon et ses assesseurs éclatent d'un rire mauvais. Jean Midi se rengorge. Le duc de Bedford sera content de lui : la fouine a gagné cette première manche...

Jeanne est à nouveau conduite dans sa cellule, dans la forteresse construite par Philippe Auguste et flanquée de ses six grosses tours. Devant elle la porte de sa prison s'ouvre, tandis que la garde vient d'être renforcée sur ordre de Bedford. Le régent craint une possible évasion! Quatre gardiens ne la quittent pas d'un pouce et se relaient pour l'espionner à travers le judas. Encore une nuit sans sommeil...

Le succès de Jean Midi a excité l'orgueil de Messire Beaupère. Il est bien décidé à prendre sa revanche.

– Avez-vous une épée?

– J'en ai quelques-unes.

– Ne portiez-vous pas aussi une bannière?

– Si...

Jeanne se souvient... Ce morceau d'étoffe blanche qui portait l'image de Jésus, entouré de ses anges...

– Que préfériez-vous, votre bannière ou votre épée?

– J'aimais beaucoup plus ma bannière que mon épée.

– Et pourquoi? Elle avait une valeur ou un pouvoir particuliers?

– Non, c'est juste que... une épée est une arme.

– Et?

– Et alors, je... je préfère ma bannière.

– Pourquoi?

– Pour éviter de tuer quelqu'un.

– Êtes-vous en train de nous dire que si vous n'aviez pas porté votre bannière, vous auriez tué plus de gens?

La belle assurance de Jeanne vacille. Elle titube et ses chevilles toujours entravées par la chaîne de fer la font souffrir.

– Non, bien sûr que non... Je n'ai jamais tué personne.

– Alors peut-être la tentation de tuer aurait été plus forte... trop forte peut-être...

– Non ! J'ai averti les Anglais de rentrer chez eux, je les ai suppliés de ne pas nous forcer à combattre, ils savaient quelle défaite je leur imposerais... pourquoi ne m'ont-ils pas écoutée ?

– Nous avons de nombreux témoins qui peuvent confirmer que vous ne portiez pas toujours votre bannière...

– Oui, probablement... peut-être...

Comme un loup qui flaire le sang, Beaupère s'acharne :

– Alors quelquefois vous portiez votre épée ?

– Oui, mais...

– Vous êtes-vous servi de cette épée que vous aviez en main ?

– Non, je... la brandissais pour...

– Vous brandissiez votre épée et en fendiez l'air ? Comme ceci ?

Messire Beaupère lève le bras, l'abaisse et Jean Midi n'a que le temps de se reculer pour éviter le coup.

– Oui... peut-être, je ne m'en souviens pas...

– ... donc vous étiez au cœur du champ de bataille, avec votre épée à la main, l'agitant au-dessus de la tête... chargeant contre l'ennemi, criant et hurlant... combattant pour votre vie... et vous voulez nous faire croire qu'au milieu de toute cette agitation vous n'avez jamais tué personne ?

– Non, je... je n'ai jamais tué personne !

Chapitre 33

Une voix parle à Jeanne, celle de l'homme mysté-rieux, toujours lui, étrange compagnon...

– Je ne peux pas croire que vous mentiez ainsi !

Dans sa cellule, Jeanne, chaîne aux pieds, marche, tente d'échapper désespérément à cette emprise insupportable.

– Je ne mens pas... je ne me souviens pas... laissez-moi tranquille !

– Oh ? vous ne vous souvenez pas ? Laissez-moi vous rafraîchir la mémoire...

Instantanément, un épisode du siège d'Orléans s'impose à Jeanne. Un soldat anglais glisse sur le sol, le ventre ouvert d'un coup d'épée...

– Non ! Je ne veux pas en savoir davantage ! Lais-sez-moi tranquille ! Je n'ai pas tué cet homme !

La jeune fille se débat, cherche refuge dans un angle de la prison. Quoi qu'elle fasse, elle le sait tou-jours présent, sentant parfois presque son haleine sur sa nuque.

– Ah non ? Et celui-ci ?

A nouveau, le cycle des images ressuscitées du passé remonte à la surface...

Un militaire anglais, frappé à la tête, s'effondre.

– Ou celui-ci ?

Un autre presse ses mains sur sa gorge, ouverte, d'où jaillit une gerbe de sang.

– Arrêtez, arrêtez... Je ne me souviens pas ! Les batailles étaient si confuses... il y avait tant de fumée, de poussière, de bruit... j'étais assaillie de tous côtés, alors... peut-être me suis-je battue mais c'était seulement pour me défendre...

– Alors la mémoire vous revient, ajoute l'homme, goguenard...

– Oui... oui ! Et maintenant dites-moi pourquoi Dieu a permis, en premier lieu, que toutes ces batailles se produisent... s'Il est puissant... Il dit qu'Il est « le créateur du ciel et de la terre, la source de toute vie... », Il aurait facilement pu mettre un terme à tout ce sang et cette misère. Pourquoi ne l'a-t-Il pas fait ?

– Est-ce Lui qui a répandu ce sang et cette misère ?

– Non, mais... pourquoi ne les a-t-Il pas arrêtés ? Ou prenait-Il du plaisir à nous regarder nous entre-tuer en Son nom ?

– En Son nom ?

– Oui ! Nous avons combattu et tué en Son nom... le roi des Cieux !

– Vraiment ?

L'homme fait un geste et une nouvelle image frappe la mémoire de Jeanne. Elle se souvient... Elle est à cheval, devant Orléans encore assiégée, haranguant les troupes, elle hurle :

– Que tous ceux qui m'aiment me suivent !

L'image a disparu. Jeanne est dans sa cellule.

– « Que tous ceux qui m'aiment me suivent »... Quand est-il fait mention de Dieu ?

Jeanne baisse la tête, se bouche les oreilles de ses mains.

– Allons Jeanne, soyez honnête. Vous avez combattu pour vous-même, en votre nom.

– Je... je me défendais du mieux que je pouvais ! Tout le monde a le droit de se défendre non ? Ou aurais-je dû me laisser tuer ?

– Non, non, vous avez bien fait. Je dirais même

bien joué. En outre, la plupart de ceux que vous avez tués le méritaient probablement, vous ne pensez pas ?

– Non, je ne le pense pas ! Je ne pense pas que de s'entre-tuer apporte jamais la paix.

– Je suis d'accord, ajoute l'homme, faussement conciliant.

Il se rapproche de la jeune Lorraine, ouvre la main et une scène du passé s'offre à elle...

Jeanne en train de dire au dauphin Charles, de sa voix ferme :

– Nous n'obtiendrons la paix qu'une fois les Anglais au bout d'une lance !

L'homme regarde la Pucelle, anéantie, bouche ouverte, sans force.

– Je ne suis pas d'accord. Pourquoi changez-vous sans cesse d'avis ?

En larmes, elle hoquette :

– Pourquoi me faites-vous ça ? Vous prenez du plaisir à me blesser ?

– Ah, le plaisir... c'est un mot difficile à définir. Quand finit la douleur et quand commence le plaisir ?... Quand avez-vous commencé à prendre du plaisir avec votre épée en main ?...

– Je n'ai jamais pris plaisir à blesser quiconque !

– Vraiment ?

Jeanne aux armées, épée au poing. Elle balaie l'espace de son arme et son visage, au bord de la folie, prend les traits d'une déesse de la mort. Insoutenable vision. Jeanne crie :

– Noooonnnn !

Elle cache sa tête entre ses mains. De grosses larmes ruissellent sur ses joues. Mais quand donc cessera ce cauchemar ?

– Aidez-moi... s'il vous plaît... libérez-moi !

Pour la première fois, l'homme semble compatir sincèrement. Il répond d'une voix douce :

– Vous le serez, Jeanne. Vous le serez.

Dans le sombre couloir qui mène à la salle

d'audience, un prêtre marche, le visage dissimulé par son capuchon relevé. D'un pas sûr, il arrive à la hauteur de l'un des gardes et lui montre son sauf-conduit, un sceau de cire rouge. Afin de sauver celle qu'il aime tant, Jean d'Aulon n'a pas hésité à se déguiser en homme de Dieu. Au péril de sa vie, il s'adresse à l'homme armé qui masque de tout son corps une porte fermée.

– Je remplace le père Demaury. Il est tombé gravement malade...

Le garde ne bronche pas, semble réfléchir en se grattant le sommet du crâne et ajoute, en confidence :

– C'est incroyable le nombre de personnes qui sont tombées soudainement malades depuis le début du procès... Ça doit être cette sorcière qui leur jette des sorts. Brûlez-la !

Un trait de fureur flambe dans les yeux bleus d'Aulon. Il serre plus fort la dague qu'il cache sous sa soutane, en songeant qu'il aimerait plus que tout la planter dans la gorge de l'Anglais. Jean d'Aulon chasse cette pensée et répond, d'une voix sourde :

– Je ferai de mon mieux.

Reprenant le sceau, il pénètre dans la salle et s'assoit sur un banc, se mêlant à des moines franciscains, et s'efforçant de ne jamais fixer un autre regard. Furtivement, il relève la tête. Jeanne est devant lui. Épuisée par tant de longues veilles, elle semble dormir debout. Messire Beaupère chuchote à l'oreille de l'évêque Cauchon, lui montre un parchemin. Puis ordonne à l'un des gardes :

– Réveillez-la !

De son poing, l'homme d'armes heurte violemment le flanc de la jeune fille. Habituée manifestement à ce genre de traitement, à bout de force, elle réagit à peine. Bouillant d'impatience, serrant les mâchoires, l'écuyer du roi Charles, frémissant d'une rage impuissante, lutte pour n'en rien laisser paraître. Jean Midi prend la parole.

– Alors... résumons-nous. Vous refusez de vous soumettre à l'autorité de l'Église militante en prêtant serment ; vous avez attaqué Paris un dimanche ; vous vous êtes jetée de la tour de Beaurevoir, et vous persistez à vous habiller en homme... Je vous le demande à nouveau : croyez-vous être en état de grâce ?

Jeanne ouvre les yeux, respire profondément et répond :

– Si je n'y suis pas, que Dieu m'y mette. Si j'y suis, qu'Il m'y garde.

Maître Midi grimace. Certains assesseurs ne peuvent s'empêcher de montrer leur admiration. Pour une paysanne analphabète, quelle réplique !

Rien ne peut calmer la colère de lord Buck ! Dans la pièce qui lui tient de bureau, il balaie d'un revers de la main tout ce qu'il trouve à sa portée. Dossiers, livres, parchemins s'écrasent au sol dans un affreux désordre. Pierre Cauchon, impressionné, veut se montrer apaisant.

– Calmez-vous Messire, je vous en prie.

– Comment puis-je me calmer quand je deviens la risée de toute la cour ! J'en ai assez !

– Soyez patient, Messire... vous avez vu comment cela se passe. Cette fille sait s'y prendre avec les gens... mais nous faisons des progrès tous les jours...

Buck trépigne de rage.

– Tant que cette chienne reste en vie, nos armées refusent de combattre ! Vous ne comprenez donc pas ? Elles veulent une preuve que Dieu est de leur côté... et le seul moyen de les en convaincre, c'est de faire brûler cette fille comme sorcière !

Buck se saisit d'une timbale en argent afin de se verser un peu de vin. L'aiguière est vide. Il repose le gobelet d'un geste vif.

– Ce n'est pas à nous de la brûler, Messire. C'est votre prérogative, risque l'évêque.

– Et votre prérogative est de la déclarer coupable, assène l'Anglais.

– Mais nous ne pouvons le faire que si elle admet le blasphème...

170

– Alors qu'attendez-vous ? Vous avez un château rempli de cordes, de poulies et de chevalets : torturez cette garce !

De son surplis, Cauchon sort sa propre fiasque de vin. Il prend la timbale d'argent et d'une main dont il ne peut réprimer le tremblement y verse un peu de bourgogne. Et tandis que Buck se désaltère :

– Vous n'obtiendrez rien d'elle de cette façon. Vous devez également réaliser que nombre de mes collègues sont... hé bien, épouvantés...

Buck s'arrête de boire...

– Épouvantés par cette fille ?

– Épouvantés à l'idée de commettre une erreur. Supposons qu'elle ait raison... supposons qu'elle ait vraiment été envoyée par Dieu ?

Rétrécis par la haine, les yeux de Messire Buck ne sont plus qu'une fente.

– De quel côté êtes-vous, Cauchon ?

– Je suis du côté de notre sainte mère l'Église. De plus, une confession sous la torture ne convaincra jamais personne qu'elle est coupable.

– Alors trouvez un autre moyen ! Soyez inventif. Dites-leur qu'elle a baisé avec le Diable... pourquoi ne pourriez-vous pas le dire ? Cela me semble bien... et qui peut prouver qu'elle ne l'a pas fait ?

Buck vide sa timbale d'un trait, s'essuie la bouche d'un revers de manche.

– Reste un petit problème, Messire. La fille est vierge.

Une lueur d'assassin brille dans le regard métallique de l'Anglais. Puis, détachant chaque mot :

– Ce n'est qu'un très petit problème.

Chapitre 34

Dans sa cellule, Jeanne regarde sa croix. Elle ajoute un peu de pain trempé sur le dessin incisé dans le mur, avec un soin infini, comme si elle peignait, elle se recule, s'avance pour admirer l'effet produit. L'homme mystérieux apparaît dans son dos.

– Que faites-vous ?

Jeanne, ravie de le voir, soulagée de ne plus être seule, répond vivement :

– Je... j'ai nettoyé ma chambre, regardez... et j'ai dit mes prières... toutes... et...

– Que faites-vous sur le mur ?

– J'essaie de rendre ma croix plus belle...

– Pour quoi faire ?

– Parce que... parce que je ne sais pas quoi faire d'autre pour Lui plaire.

– Pensez-vous que cette croix vous protégera ?

– Non, je...

Jeanne ne sait achever. Elle hésite, désemparée et soudain malheureuse. L'homme se contente de sourire, se retourne, jette un œil par la fenêtre étroite de la cellule.

– Regardez-les... avec leur belle croix...

Au-dehors, dans la cour, un prêtre bénit une douzaine de soldats qui portent une croix de bois.

– ... la vue de prêtres bénissant des armées entières avant qu'elles n'aillent s'entre-tuer ne cesse jamais de m'étonner. Et que ces massacres soient considérés comme des actes de foi au nom de Dieu...

Jeanne demeure silencieuse.

– ... Et ils pensent que faire une belle croix ou construire une belle cathédrale les lavera de leurs péchés... ridicule ! Tout comme ce prêtre qui vous accuse d'avoir combattu un dimanche. Dieu vous a-t-Il donné la permission de vous entre-tuer le restant de la semaine ?

Un bruit monte de la cour ; les soldats enfourchent leurs montures.

– Aimez vos ennemis, déclare Jeanne d'une voix douce.

– Bien. Mais « aimez vos ennemis »... corps et âme, reprend l'homme avec un sourire satisfait.

Gravement, la jeune fille acquiesce, prenant soudainement conscience de cette vérité, tout en se refusant encore de l'admettre.

– Mes voix... mes voix... pensez-vous qu'elles reviendront un jour ?

– Je ne le pense pas.

– Allez-vous me quitter à votre tour ?

– Oui... bien sûr... quand vous n'aurez plus besoin de moi.

– Êtes-vous envoyé par Dieu ?

L'homme demeure silencieux et fait un geste. Une scène, familière à Jeanne, lui apparaît. Dans la cité d'Orléans, une femme se presse contre son cheval, lui saisit les rênes et murmure à la jeune fille en armure, extasiée :

– Mais vous avez été envoyée par Dieu !

– Comme tout le monde, répond la Pucelle, en talonnant l'animal.

– Comme tout le monde..., conclut l'homme.

Jeanne regarde longuement l'homme, sa croix, les soldats qui maintenant partent au grand galop avec leur cri de guerre strident. Bénits et prêts pour la bataille...

– Il n'y a plus rien que je puisse faire ici... Je ne suis pas d'ici... Je veux être avec Lui désormais.

– Pensez-vous être prête ?

La jeune fille s'avance, s'agenouille, embrasse les mains tendues et ouvertes.

– Oui, je le suis.

– Consentez-vous à suivre tous Ses commandements ?

– Oui...

– ... à aimer vos ennemis comme vous-même ?

Jeanne hésite un instant, bref, mais suffisant pour que se profile le mensonge...

– Oui. Je suis prête maintenant.

L'homme sourit et ajoute simplement :

– C'est ce que nous allons voir.

A l'extérieur de la cellule, elle entend des bruits de pas, le cliquetis de clés qui s'entrechoquent et déverrouillent la porte. Trois hommes entrent. Le visage du premier disparaît sous une épaisse barbe noire, si atrocement familière.

– Voilà ce que j'appelle un butin !

Terrorisée, Jeanne reconnaît le violeur et le meurtrier de sa sœur Catherine.

– Oh ! non...

Le soudard défait sa ceinture.

– Nous avons pensé que tu devais t'ennuyer ici, alors nous sommes venus mettre un peu d'animation... n'est-ce pas, les gars ?

Jeanne recule, tétanisée par l'angoisse.

– S'il vous plaît, ne le faites pas, ne me faites pas mal.

– Bien sûr que non, petit cœur... si tu promets de faire ce que je te dis.

Barbe Noire caresse les joues barbouillées de larmes et essaie d'ouvrir des jambes qui tremblent. Jeanne résiste, murmure, implore :

– Où êtes-vous ? Ne m'abandonnez pas... s'il vous plaît...

– Hé, allez... ouvre !...

Les deux autres compagnons aident le géant, l'encouragent de mots ignobles. Alors, Jeanne, de

174

tout son être, se débat. Barbe Noire l'attrape par le cou, la jette sur la paillasse, arrache ses vêtements. Sentant son haleine lui brûler la bouche, elle hurle, rue comme un animal pris au piège.

– Arrête de crier comme ça ! Tu vas réveiller tout ce sacré château !

Barbe Noire plaque sa main sur ses lèvres. Dans un dernier sursaut, Jeanne parvient à lui passer ses propres chaînes autour du cou et, de toutes ses forces, l'étouffe, l'étrangle. L'homme hurle. Ses deux compagnons viennent à sa rescousse, et réussissent non sans mal à le dégager. La scène n'a duré qu'une minute, mais Barbe Noire, la gorge marbrée de rouge, titube. Il passe la main sur son cou, et, de rage, avec sa ceinture, frappe Jeanne en plein visage.

– Ah, tu veux la jouer brutale ? Bien... Je préfère ça !

De sa main droite, il sort un couteau, en glisse la lame sous la tunique de Jeanne. Un bruit atroce, celui du tissu qui se fend. De toute son énergie, elle lutte, mord, griffe, crache à la figure du soldat. Les mains de l'homme cherchent ses seins, son ventre. Excité par cette fille, trempé de sueur, il ne voit qu'elle, et ne remarque pas qu'une femme vient d'entrer à son tour dans la cellule, Anne, duchesse de Bedford, qui se précipite sur lui.

– Arrêtez immédiatement ! C'est un ordre !

Il n'entend rien et cette voix se confond en lui avec les hurlements de Jeanne, presque nue maintenant. La duchesse, encore en chemise de nuit, les cheveux défaits, agrippe Barbe Noire par les épaules, les secoue de toutes ses forces.

– Je vous ordonne d'arrêter, au nom du roi !

Ce dernier mot, sacré, réussit à figer sur place cette bête qui n'est plus un homme.

– Laissez-la tranquille, vous m'entendez ? Allez, sortez !

Les deux soldats reculent, avec une docilité d'enfant, silencieux. Seul Barbe Noire tente une explication, encore plus injurieuse que ses actes.

– On s'amusait un peu, c'est tout, on lui tenait compagnie.

Anne de Bedford le cingle d'un regard.

– Les hommes comme vous sont responsables du déshonneur de notre pays !

Le géant riposte.

– On servait notre pays... on obéissait juste aux ordres, Madame.

La duchesse, qui ne veut pas en entendre davantage, lève la main, indique la porte.

– Allez, sortez d'ici !

Le garde pousse les soldats hors de la cellule. Barbe Noire, sur le seuil, marmonne en direction de la jeune fille :

– A plus tard, mon ange.

La duchesse de Bedford demeure seule avec Jeanne. La malheureuse, ses vêtements déchirés, se roule en boule sur sa paillasse, anéantie, humiliée, perdue. Doucement, Anne s'approche d'elle, caresse ses cheveux, son visage, et ne sait plus quoi faire pour tenter de la réconforter. Le garde apporte sa propre couverture, et sans un mot la tend à la duchesse.

– Merci.

Avec d'infinies précautions, la duchesse de Bedford en recouvre le corps de Jeanne et lui glisse dans la main la petite croix de bois.

– Cela n'arrivera jamais plus, je vous en donne ma parole.

L'aube s'est levée sur le château de Rouen. Dans la plus belle salle de la forteresse, le duc de Bedford s'entretient avec Pierre Cauchon et Buck. Soudain, la porte s'ouvre et paraît la duchesse. De son pas souple, elle marche vers son époux...

– Anne... Quelle agréable surprise...

Une main vole dans l'air et s'abat sur la joue du duc. Anne de Bedford vient de gifler son mari. Saisis, Buck et Cauchon n'ont pas un geste. Bedford regarde Anne sans comprendre.

– Vous devriez savoir que chaque humiliation que

vous infligez à cette femme, vous l'infligez à toutes les femmes, y compris la vôtre, monseigneur.

– De.. de quoi diable parlez-vous ?

– Si vous envoyez encore des soldats dans la cellule de Jeanne... je les tuerai moi-même.

Un dernier regard sur celui qui baisse les yeux. Anne de Bedford se retire de la pièce, passe devant Cauchon sans un mot, laissant son époux dévisager Buck, qui, manifestement, n'en mène pas large.

Gardant son calme, le duc se tourne vers l'évêque :

– Je vous donne une journée.

Chapitre 35

Au cimetière de Saint-Ouen, le bûcher dresse sa masse sinistre. Devant l'échafaudage de bois et de fagots, se tient le bourreau, la tête dissimulée par une cagoule noire. Jeanne a les mains liées derrière son dos. Face à elle, assis sur une vaste tribune, prélats, moines et Pierre Cauchon. Il se lève et s'adresse à la Pucelle :

– Jeanne, ma très chère amie dans le Christ, nous, vos juges et assesseurs, désireux de parvenir à un authentique et légal verdict, avons soumis une transcription de votre procès à l'Université de Paris pour obtenir son opinion. Après l'avoir prise soigneusement en considération, ses doctes savants ont conclu comme nous que vous aviez commis plusieurs graves péchés, et je vous demande d'écouter très attentivement leur opinion comme contenue dans ses articles.

L'évêque tend un parchemin épais à l'un de ses assesseurs, Maître Pierre Maurice, et se rassied. Jean d'Aulon, toujours en robe de bure, se glisse lentement vers Jeanne. Maître Maurice ouvre le parchemin, en défait le cachet et commence à lire d'une voix forte.

– Article un. Vous avez dit avoir reçu, depuis votre plus jeune âge, des révélations de la part de saints et d'anges bénis, les avoir vus de vos propres yeux, et les avoir entendus vous parler. Par cet article, les doctes savants ont déclaré que vos affirmations étaient fausses, pernicieuses et diaboliques, que toutes ces révélations relèvent de la superstition, et proviennent du Diable.

Le duc de Bedford, entourés de ses pairs anglais, siège sur une tribune séparée où flottent les léopards d'Angleterre. Les murs du cimetière, les branches des arbres croulent sous le poids des spectateurs. Leur silence est absolu. Tous les regards sont fixés sur Jeanne. Les conseillers du duc ne peuvent, par à-coups, s'empêcher de manifester leur impatience, mais Pierre Maurice, sans se laisser impressionner, reprend calmement sa lecture.

– Article deux. Vous avez dit que, sur commandement de Dieu, vous n'avez cessé de revêtir des vêtements d'homme, et que vous avez aussi porté les cheveux courts, avec rien...

Jeanne n'écoute plus et la voix de Maurice se perd dans un lointain écho. Tout semble disparaître, bûcher, bourreau, foule, soldats. A l'agonie, désemparée, elle murmure :

– Mon Seigneur, ne m'abandonnez pas.... où êtes-vous ? C'est ce que vous voulez ? Vous voulez que je brûle ? Brûler sans être confessée ?... Je ferai tout ce que vous voudrez... mais ne m'abandonnez pas...

La jeune fille semble seule au milieu de ce cimetière. Demeurent autour d'elle le bûcher, les tombes couronnées de leurs dalles de pierre grise et le vent qui gémit entre les branches.

– Ne me laissez pas ici... s'il vous plaît... ne me laissez pas seule !

Illusion que cette solitude ! La présence de la foule reprend ses droits et Pierre Maurice continue sa lecture de son débit monotone :

– Enfin, article 12. Vous avez dit ne pas vouloir vous soumettre au jugement de l'Église militante, mais uniquement à Dieu. Par cet article, les savants affirment que vous n'avez aucune compréhension de l'autorité de l'Église, que vous vous êtes égarée dans la foi de Dieu, que vous êtes une évocatrice de démons, une sorcière, une idolâtre et une hérétique !

Pierre Maurice se rassoit sur son siège. Pierre Cauchon hoche la tête. Et Jean Hulot de Châtillon, qui enseigne la théologie à Paris, et dont la réputation d'universitaire a dépassé les frontières, s'adresse à la jeune Lorraine.

– Jeanne, une dernière fois, nous vous admonestons, nous vous prions, nous vous exhortons à exorciser et à abjurer vos croyances erronées, et à revenir dans le chemin de la vérité en vous soumettant à l'autorité de notre sainte mère l'Église en signant cette rétractation.

Jeanne regarde le parchemin déroulé sous ses yeux. Son visage se penche en avant, bouleversé. Elle ne sait quelle décision prendre...

– Si l'Église veut me faire dire que mes visions sont le mal, alors je ne crois pas en cette Église et je me soumets au jugement de Dieu !

De désespoir, Jean de Châtillon lève haut les mains... Le duc de Bedford ne cache plus sa joie, appelle le bourreau qui, déjà, s'incline.

– Remplissez votre office !

L'homme, avec des gestes sûrs, se tourne vers Jeanne. Mais au moment de la saisir, l'évêque s'interpose, se précipite sur la jeune fille.

– Attendez !

Pierre Cauchon vient d'arracher le parchemin des mains de Châtillon. Il agite les feuillets de vélin devant Jeanne, stupéfaite.

– Jeanne, je vous prie... signez ! Au nom de Dieu, ne comprenez-vous pas ? J'essaie de vous sauver ! Si vous ne signez pas, les Anglais vous brûleront à mort ! C'est ce que vous voulez ?

– Non... je veux être confessée.

Stupeur dans la tribune anglaise. Les seigneurs s'agitent, hurlent à Cauchon de cesser son manège. Mais enfin qu'on en finisse, qu'on laisse le bourreau agir ! La foule, à son tour, presse Jeanne de signer.

Une femme lui crie de sauver sa vie. Les mêmes mots sortent alors de cent poitrines... Cauchon tend une plume à la jeune fille. Son courage inébranlable commence à vaciller.

– Signez ceci, et je vous confesserai moi-même si vous le souhaitez.

– Et je pourrai aller à la messe ?

– Aussi souvent que vous le voudrez, maintenant, s'il vous plaît, pour l'amour de Dieu, signez !

Jeanne, désespérée, cherche l'homme mystérieux des yeux. Mais son regard ne rencontre plus que le bourreau.

– Signez et vous serez libérée de vos chaînes... libérée du feu, Jeanne... maintenant... signez !

La foule reprend les derniers mots de l'évêque en les scandant. Une étonnante chanson remplit l'air, signez, signez, signez... Jean d'Aulon a réussi à la rejoindre. L'écuyer lui murmure :

– Signez, Jeanne, signez !

Le duc de Bedford se redresse sur son siège. Son visage se crispe de fureur et d'angoisse. Jeanne vient de prendre la plume et trace maintenant un signe sur le parchemin. Instantanément, la foule éclate en applaudissements. Aulon, extatique, semble remercier la Providence. Toutes ces voix sont brutalement réduites au silence. L'homme vient d'apparaître à Jeanne.

– Savez-vous ce que vous venez de signer, Jeanne ? Vous avez signé la fin de mon existence... Pour vous, je suis un mensonge, une illusion.

La jeune fille se pétrifie d'horreur...

– Vous voyez ? Finalement, c'est vous qui m'avez abandonné...

– Non !...

Jeanne a hurlé.

Avec un léger sourire qui marque son regret, l'homme disparaît. Jeanne, bouleversée, désigne le parchemin et s'adresse à Cauchon.

– S'il vous plaît... vous pouvez me le rendre...

Replaçant soigneusement les actes du procès, l'évêque s'est déjà détourné d'elle. Jeanne essaie bien de les lui arracher, mais des soldats lui ligotent fermement les bras.

– Je ne voulais pas ! Je ne savais pas ce que je signais ! Vous m'avez piégée !

Exaspéré, Pierre Cauchon ordonne brutalement aux militaires :

– Faites-la taire !

Un soldat lui ferme la bouche de sa main.

– Emmenez-la !

Aussitôt, les soldats la traînent vers sa prison. A grands pas, l'évêque se dirige vers le duc de Bedford. Jean d'Aulon surveille la scène et son soulagement fait désormais place à une appréhension qu'il parvient mal à s'expliquer. Cauchon tend au duc le document paraphé de la main de la Pucelle.

– Voilà... elle s'est rétractée, et nous acceptons son repentir, car l'Église ne ferme jamais ses bras à ceux qui veulent revenir en son sein. Elle est à vous et vous pouvez en faire ce que vous voulez, mais l'Église n'aura rien à y voir. Elle est votre prisonnière, votre martyre, pas la nôtre.

Bedford ne répond rien. Le visage blême de son épouse, assise à ses côtés, lui ferme la bouche...

Chapitre 36

La nuit n'apporte à Jeanne aucun soulagement. Elle a été conduite dans un cachot pire que sa cellule, plein de crasse et de vermine. Elle y est entravée de lourdes chaînes et ses mains se crispent sur le métal froid. Buck surgit brusquement dans l'embrasure de la porte et lui jette à la figure des vêtements d'homme.

– Tenez... au cas où vous voudriez vous habiller – essayez-les pour la taille.

Les hardes tombent au pied de la jeune fille. Elle n'a pas un geste pour les retenir. Elle sanglote.

– Il a promis que je serais confessée... et que je pourrais aller à la messe... et que je serais libérée de ces chaînes.

– Nous ne vous avons rien promis ! Mais ça, je peux vous le promettre... vous ne quitterez pas ce cachot jusqu'au jour de votre mort !

Les gardes qui entourent lord Buck éclatent d'un rire mauvais. A bout d'angoisse et de chagrin, Jeanne tombe à genoux.

C'est l'aube. Une aurore rosée lèche les toits du château de Rouen. Pierre Cauchon, seul, perdu dans ses pensées, médite à son bureau. Un jeune moine essoufflé arrive en courant.

– Monseigneur, venez vite !

L'évêque n'a que le temps de se lever, et,

accompagné du jeune homme, traverse rapidement la cour de la forteresse. Jean d'Aulon, qui n'a pas quitté la place, les regarde passer. Leur inquiétude rejaillit sur lui. Qu'est-il donc arrivé à Jeanne?

Cauchon parvient jusqu'au cachot de la Pucelle. Hors d'haleine. L'endroit lugubre déborde de monde. Il y a là le duc de Bedford, lord Buck, des prêtres et des soldats. Le duc l'interpelle aussitôt.

– Ah, Cauchon... vous venez voir par vous-même? Alors regardez.

Les yeux de l'évêque s'habituent peu à peu à la pénombre. Jeanne se tient debout, de dos, silhouette androgyne, vêtue avec des habits de garçon!

Le duc de Bedford triomphe.

– Vous voyez? Habillée à nouveau comme un homme! Son touchant repentir n'aura pas été bien long, non? L'évêque de Senlis passait par là et était disponible pour témoigner de son évidente rechute.

L'évêque n'en croit pas ses yeux.

– Et par quel miracle ces vêtements sont-il arrivés jusqu'ici?

– Ce n'est pas un miracle, mon cher Cauchon... mais un tour du Diable! Cette fille est une sorcière et demain, elle sera brûlée pour cette raison!

Le duc s'adresse à lord Buck, et, d'un mot:

– Faites préparer le bûcher sur la place du Marché!...

Jeanne se contente de son silence. Dos tourné, absente, elle fixe un rai de lumière dorée qui coule de la haute fenêtre. Bedford et sa suite sortent. Cauchon demeure seul auprès d'elle.

– Je ne comprends pas Jeanne... pourquoi l'avez-vous fait? Pourquoi?

– Et vous? Pourquoi avez-vous menti? Vous aviez promis de me confesser...

L'évêque hésite à répondre à celle qui ne s'est toujours pas retournée et dont il entend la voix dure et calme.

– Je sais, Jeanne... C'était la seule façon de vous épargner le bûcher!

– Ce n'est pas mon corps que je veux sauver. C'est mon âme.

Enfin, Jeanne consent à lui faire face. Lentement, elle s'agenouille devant Pierre Cauchon.

– Je ne demande qu'une chose... que vous m'entendiez en confession...

– Je... je ne peux pas, Jeanne... Je ne peux entendre votre confession... Je suis désolé.

N'y tenant plus, l'évêque se précipite hors de la cellule. La jeune fille a le temps d'apercevoir la robe brodée d'or et son éclat furtif, aussitôt disparu. Un garde ferme la porte. Alors une fois encore, l'homme se matérialise devant la Pucelle.

– Vous voulez vraiment vous confesser, Jeanne ?

Un signe de tête en preuve d'acquiescement.

– Je vous écoute.

– J'ai commis des péchés, mon Seigneur, tant de péchés. Lorsque j'étais enfant, la seule façon que j'avais d'aider mon peuple, c'était de prier. Alors j'ai prié Dieu et ses saints. J'ai prié de plus en plus, et donné tout mon amour à Dieu... mais ne dit-on pas que Dieu aide ceux qui s'aident eux-mêmes ? Alors, je me suis aidée moi-même... et j'ai vu des signes... ceux que je voulais voir, et j'ai combattu, par vengeance et par désespoir. Oui, j'étais orgueilleuse, entêtée, égoïste, et cruelle... J'étais tout ce que les hommes croient pouvoir être quand ils se battent pour une cause.

L'homme sourit, soupire de contentement.

– Vous pensez être prête maintenant ?

– Oui, mon Seigneur.

Voyons...

Et l'homme disparaît comme par enchantement. Jeanne entend un bruit, se retourne. Devant elle se tient un garde, sur le seuil de la porte. Jeanne a peur. L'homme s'écrase lourdement sur le sol et du sang suinte de ses lèvres. Derrière lui se tient un prêtre que le corps du garde masquait jusque-là. Il retire du corps inerte une épée tachée de rouge, rejette son capuchon. Jean d'Aulon ! L'écuyer aux yeux si bleus court vers Jeanne et la prend dans ses bras.

– Jeanne... Dieu merci !

Il s'affaire, se jette sur les chaînes qui étreignent les chevilles de celle qu'il aime.

– Nous devons nous dépêcher, j'ai pris soin du garde, mais d'autres vont venir...

Au-dessus de lui, Jeanne lui caresse doucement la main.

– Je suis prête maintenant.

– Donnez-moi juste un instant et vous serez libre...

– Je suis déjà libre....

Jean lutte contre ce dernier cadenas qui lui résiste encore, la clé ripe, lorsqu'il la passe dans la serrure.

– Oui, oui... Ça vient... vous êtes toujours si impatiente...

Jeanne pose sa main sur la sienne, l'arrête dans son mouvement, à l'instant même ou le cadenas s'ouvrait.

– Mon gentil capitaine... je reste.

Les yeux bleus ont viré au mauve.

– Je, je ne comprends pas.

– Un jour, vous n'aurez plus besoin de comprendre.

Jean d'Aulon sent une sueur froide couler dans son dos.

– Vous ne savez pas ce que vous dites. Vous allez quitter cet endroit, Jeanne, rentrer chez vous, ou aller ou bon vous semble, vous allez être heureuse, avoir des enfants, et...

Elle caresse le beau visage de ses deux mains, emplit son regard de son regard, lui sourit comme à un enfant. Aulon continue de parler et ses yeux se remplissent de larmes. Tout est inutile, si désespérément vain. Il sait que Jeanne a pris sa décision.

– ... et peut-être le roi vous donnera-t-il de l'argent, une terre et même un titre...

Il s'efforce de sourire lui aussi, pâle sourire à travers ses larmes...

– ... ne serait-ce pas une bonne chose ? Vous, une dame titrée !

186

– Je reste, Jean.

– Non, vous devez venir, Jeanne, nous avons besoin de vous, tant de choses sont arrivées depuis que vous êtes partie... J'ai un nouveau cheval maintenant, un blanc comme le vôtre... et La Hire ne jure presque plus...

Il ne retient plus ses larmes, ne cherche pas à les essuyer.

– Vous ne pouvez pas rester, ils vont vous brûler !

– Je n'ai plus peur du feu, il me purifiera...

– Jeanne, vous ne pouvez pas nous laisser comme ça !

Jeanne sourit encore, et lentement se rapprochant de lui, murmure :

– Je suis en paix désormais, mon doux ami... en paix avec moi-même.

Aucun retour en arrière n'est possible. La fille de Lorraine a pris sa résolution. Tout autre discours ne servirait à rien. Aulon entend le bruit des gardes. Les hommes d'armes se rapprochent dangereusement. Il prend le visage de Jeanne entre ses mains, l'attire à lui et l'embrasse sur les lèvres. Un long baiser, le premier et le dernier, que Jeanne n'encourage pas plus qu'elle n'y résiste.

– Vous devez partir.

Trois mots brefs et implacables. Jean d'Aulon s'arrache à ses bras, ouvre la porte et disparaît. Seule, Jeanne est calme et sereine. De son doigt, qu'elle lève vers sa bouche, elle touche ses lèvres, doucement. Et une voix retentit :

– *Ego te absolvo, in nomine Patris et Filii, et Spiritus Sancti, Amen...*

L'homme se tient devant elle, et ses bras élèvent une croix.

Chapitre 37

Sur le marché de Rouen, lieu de son supplice, Jeanne lève ses yeux pour voir le crucifix. Il se détache dans le ciel clair, tenu par un prêtre. La jeune fille a les mains liées derrière le dos et sa tête est rasée. Le bourreau arrose les fagots d'huile. Furtivement, il lui chuchote :

– Ne vous inquiétez pas, ce sera rapide... J'ai utilisé plein de bois vert pour qu'il y ait beaucoup de fumée... mais n'oubliez pas de respirer vite et vous serez prise de vertiges avant même que les flammes ne vous atteignent.

La foule s'est massée sur la place, dense. Des femmes qui tiennent leur enfant couché sur leur poitrine, des bourgeois, des artisans, des paysans, des soldats... Combien sont-ils, cinq mille, dix mille ? Les Français, consternés, ne disent mot. Beaucoup pleurent. Les Anglais ricanent et plaisantent. Sur une estrade se tient le duc de Bedford. Il essaie de demeurer impassible. A ses côtés, la duchesse ne contient plus son émotion. A quelques mètres de là, Pierre Cauchon, les yeux baissés, se refuse à voir. Jean d'Aulon, toujours revêtu de sa robe de moine, tend vers le bûcher son visage désespéré, partagé entre vengeance et douleur.

Le duc fait un signe. Le bourreau se saisit d'une torche et l'incline. Le feu prend aux broussailles, les flammes hautes jaillissent. La respiration de Jeanne s'accélère. Une fumée épaisse envahit tout. Le prêtre qui brandit la croix tousse, ses yeux le brûlent, il chancelle, ne peut plus maintenir la croix face à la jeune fille dont la robe blanche vient de s'embraser. Nue, le corps noirci, elle crie, supplie et ses yeux cherchent avidement le crucifix.

– ... la... la croix... montrez-moi la croix... s'il vous plaît...

De toutes ses forces, le prêtre lutte pour relever la longue perche de bois. Mais la fumée étouffante le force à reculer.

– ... où... où êtes-vous ?

Jeanne cède à sa peur... L'homme de Dieu, plié en deux, suffoque, le long crucifix abaissé à ses côtés. Pétrifiée, la foule est en larmes. Même les soldats anglais les plus endurcis ne peuvent retenir leur émotion. Et certains ecclésiastiques, des prélats, des moines, quittent précipitamment les tribunes, incapables de supporter plus longtemps ce supplice. Le doute se glisse : cette jeune fille qui suffoque sur le bûcher est peut-être une sainte, elle qui, sans relâche, ne cesse de réclamer l'image du Christ.

– ... s'il vous plaît... la croix !

Alors, il se précipite, lui, Jean d'Aulon, arrache la croix au prêtre, et s'élance contre la mer de flammes. Et pour elle qu'il a tant aimée, il la brandit, haute et droite. Il l'élève au-dessus de la fournaise, des gerbes d'étincelles, sur le ciel bleu et clair. Les yeux de Jeanne, remplis de larmes et d'espoir, peuvent enfin s'en rassasier. Avant de se fermer à tout jamais.

Le dessin de la croix sombre dans les flammes, s'anéantit. Le visage martyrisé de Jeanne retombe lentement sur son épaule. Une dernière fois, le nom de Jésus s'échappe de ses lèvres. Et la fumée projette sur les vivants et les morts son rideau noir.

IMPRIMÉ EN FRANCE PAR BRODARD ET TAUPIN
6955W – La Flèche (Sarthe), le 13-10-1999
Dépôt légal : octobre 1999

POCKET – 12, avenue d'Italie - 75627 Paris cedex 13
Tél. : 01.44.16.05.00